Sonya
ソーニャ文庫

凶王は復讐の踊り子に愛を知る

花菱ななみ

JN132246

イースト・プレス

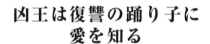

contents

一章

彼はその身体を、背にした大岩につないでいた。

両手は頭の上で鉄枷《てつかせ》によって岩に固定されているから、身じろぎもままならない。こうしておかないと、苦痛のあまり逃げそうになるからだ。

王位についたときから、十五年。

月に一度、彼はこの礼拝所に足を運び、地下にある大岩に自分の身体をくりつけて、アレが来るのを待つ。

目の前には冥界へとつながっている大穴が、ぽっかりと口を開けていた。

こうやって待っていれば、月が光を放つことのない新月の真夜中――、彼が力を借りている神がオオワシとなって現れ、生きながらにして内臓をついばまれることになる。

——来た……。

目隠しをしたその布の下で、ぐるりと大きく眼球が動いた。

普段は目の動きなど意識することはない。だが、皮膚《ひふ》の感覚が極限まで研ぎ澄まされた今であれば、露出した肌に地下の冷たい空気が塊となってぶつかるのもわかる。

大きな翼が、ばさりばさりと空気を押し下げる羽音が聞こえた。

数えきれないほどその責め苦を受けてきたのに、今でも羽音を聞くと身体がすくみ上がる。恐怖に血の気が引き、歯の根が合わなくなる。

いくらこれを受け入れようとしても、無理だ。

何も考えないように頭を真っ白にして、ゆっくり呼吸しようとした。それでも全身がガチガチに強ばり、苦痛を与えられるのは嫌だと心が悲鳴を上げ、腹筋に力がこもってしまう。

見えなくともわかった。

彼の前にいるのは、人の背丈を遥《はる》かに越えたオオワシだ。そのくちばしは一突きで皮膚を引き裂き、柔らかな内臓を引きずり出す。

呼吸ができなくなった。

鉄枷がはめられた手首から先が氷のように冷たくなり、膝から下も冷えきって感覚がなくなる。

怖くてたまらないから、目隠しをしていた。だが、見えなくとも恐怖は変わらない。

その巨大な羽根がもたらす風が、さらけ出された胸を圧迫した。

大きな羽音が耳を塞ぎ、一瞬、何も聞こえなくなった。

何も考えられず、何も感じられない空白。

次の瞬間、いきなり腹で痛みが弾けた。

「つぐぁ！　……あ…ぁ…っ！」

意図せず、うめき声が漏れる。

オオワシがそのくちばしを、彼の腹にねじこんだのだ。内臓を引きずり出され、食べられていく。

腹腔《ふっくう》からあふれたぬるぬるとした生温かい液体が、太腿《ふともも》とふくらはぎを濡《ぬ》らした。

「つふぁ、……あ、……あ、……あ……」

それでも、彼は死なない。

早く意識を失うことだけが、この瞬間の彼の唯一の願いだった。どれだけ食われようが、彼の身体は朝までに再生され、また来月、こうして生きながら食われるのだ。

同様の拷問《ごうもん》を受ける神の話がある。

人に火という英知をもたらし、それがために罰せられて、毎日、肝臓をオオワシに食われる神のことだ。

その話を聞いた幼いころは、まさか自分が同じ目に遭うとは思わなかった。その神の刑期は三万年だと聞くから、それに比べたら自分はまだマシだ。

——……月に一度だ。……毎日じゃない……。

太腿を、ねっとりと生温かい液体が大量に伝っていく。足元に内臓の欠片がぼたぼたと落ちる。オオワシが腹腔で頭部を動かすたびに耐えがたい苦痛が弾け、拳を握ったところでその痛みを逃すことはできない。

痛みはすでに熱感へと変化しつつあった。

どのくらい内臓をむさぼり食われ、中身がどれだけこの腹に残っているのかさえもわからない。

早く意識を失ってしまいたかった。

だが、そう容易《たやす》くそのときは訪れない。一瞬、意識が途絶えることはあるものの、痛みの衝撃によってすぐに引き戻される。何も考えられなくなるほど苦悶《くもん》の時間は続く。

腹腔から聞こえてくる粘った水音を聞きながら、彼はまともに力の入らない足を支えにして、どうにか体勢を保とうとしていた。

それが、王としての彼の矜持《きょうじ》だ。

神は、――人に火をもたらした神は、責め苦を受ける代わりに何を得たのだろうか。

この苦痛に耐えられるだけの代償を得たのか。

そんな疑問が、頭をかすめる。

そして人は、火をもたらした神にどれだけ感謝したのだろうか。その感謝は、どれだけその神に通じたというのか。


――俺はその恵みを十分に受けている。

彼の唇が、不敵な笑みを形作った。

王の一族には太陽の神が宿っている。王とは太陽の神であり、太陽の神とは王のことだ。

かつては王である太陽の神の力は強く、その光は国の隅々まで照らしていたそうだ。

だが、その力は代を重ねるにつれてだんだんと失われていった。

すでに王は神ではないことを、彼はよく知っている。超自然的な力はもはやない。王が権力を維持するために、人々の信仰心を利用しているだけだ。

――力がないから、飢饉《ききん》で人が大勢死んでも、先代の王――祖父は何もできなかった。

そのことが、彼の心に深く刻まれている。

王都の路地に折り重なった、餓《う》えて死んだ人の骸《むくろ》。日が落ちると人々は外に出て、自分の子供を他人の子供と交換し、持ち帰って食べた。いくら餓えても自分の子供は食べられないからだ。だが、他人の子供なら食べられる。

そんなおぞましいことが横行していたという。

だが、力を失った王にもできることはあった。超自然的な力はないが、太陽の神の末裔《まつえい》であるこの肉体には、いまだに強い力が宿っているらしい。アレに身体を贄《にえ》として捧《ささ》げることで、力を授けてもらえる。

そのために月に一度、アレ――新たな神の化身であるオオワシに肉体を食わせる。それにはオオワシをこの神域にとどまらせる目的もあった。

この儀式を行わずにいたら、授かった力は消え、神はオオワシの姿で神域から出て、民を次々と食らってしまう。

だから彼は毎月、自分の意志でここに足を運び、自ら鉄枷をはめて贄となるのだ。

それでも、こうして内臓をむさぼり食らわれている最中には、苦痛のあまり身体をねじり、うめかずにはいられない。

早くこの地獄の時間が過ぎ去ることを、ただひたすら願うしかない。

――いつまでこれが続くのか……。

うめくように、呪うように、彼はつぶやく。

自分が望んでいた力は、このようなものだったのだろうか。

苦痛とともに、ぐりゅりと世界が歪《ゆが》む。口の中が血の味であふれる。

大勢の人の怨嗟《えんさ》を浴びた。

だんだんと、自分が正気を保てなくなっていくのがわかる。アレとの契約の日々が長くなるにつれ、何か真っ黒なものが自分をむしばんでいくのを感じずにはいられない。心が変化していく。

感情が麻痺《まひ》し、心が動かなくなった。それどころか、より血を求めて、残虐《ざんぎゃく》な行為に駆り立てる衝動から逃れられない。

――誰か……。

彼は大岩につながれたまま、救いを求めるように天を振り仰いだ。

もはや、自力でこのどん底から這《は》い上がることはできないのかもしれない。

これ以上おかしくなる前に、誰かが、何かが、この自分を滅ぼしてくれることを願わずにはいられなかった。

二章

戦勝パレードで、王都は沸き立っていた。

三万を超える兵が大通りを埋めつくし、整然と行進していく。幾重にも張り巡らされた城壁の外にまで、軍の隊列は続いていた。音楽隊も編制され、荘厳な音楽と太鼓を打ち鳴らす音が遠く離れたここまで聞こえてくる。

このラヌレギア王国における史上最大規模の戦勝記念パレードらしいが、兵はこれでもほんの一部で、祝宴に招待されたのは各部隊の隊長と、戦場で際立った活躍を見せた十の部隊に過ぎないという。

——戦は続いているわ、ずっと……。

ラスティンは警備の兵に咎《とが》められないように、城から遠く離れた城壁の上からそれらを見下ろしていた。この国の軍隊が全て集まったらどれほどの規模になるのか、想像しただけでゾッとしてしまう。

——きっと見渡すかぎり、兵で埋めつくされるのね。

今や国中の男が戦士になったかのように感じられるほどだ。

だが、それは正常な国のありかたではないはずだ。民が土地から切り離されて兵となったら、作物が収穫できない。

農地を耕すのは女や子供ばかりで、実際、土地はひどく荒廃している。

それでも、ラヌレギア王国は繁栄していた。

十五年前、若くして即位したガスタイン王は、極端に軍事に偏重した政策を採った。頑強に生まれ返らせた軍で、長い間、敵対関係にあった異民族を打ち破り、土地を征服した。そして今も、異民族の国々を一つ一つ攻め滅ぼしている。ラヌレギア王国は、ガスタイン王の下でかつてないほど版図を広げていた。

侵略した国から略奪した富が王都に運ばれ、ラヌレギア王国の民を潤しているのだ。

そのとき、遠くから勝ちどきの声が風に乗って聞こえてきた。ラスティンは広場のほうに意識を向ける。

整然と並んだ兵たちの前に、王が姿を現したらしい。

遠すぎて王の姿は、黒い点にしか見えない。兵たちの声も聞き取れない。だが、どんな雄叫びを上げているのかは、今までの経験からわかる。

「王よ！　獰猛果敢《どうもうかかん》なる王よ！」

「不死身王よ！」

――不死身王……！

ラスティンはその声を、耳の奥に蘇《よみがえ》らせた。

どれだけ激しい戦であっても、ガスタイン王が命を落とすことはない。

王が先頭に立てば、どんな不利な戦況もひっくり返り、ラヌレギア軍は必ず勝利する。

だから、王は兵から熱狂的な支持を受けていた。ガスタイン王の活躍によって、ラヌレギア王国は異民族に攻められずに済んだ。もはやこの国に対抗できる国はないだろう。

だが、侵略は止まらない。この大陸に異民族が一人もいなくなるまで、戦争を続けるつもりなのだろうか。

ラスティンは、侵略された国の民のことも考えてしまう。

旅芸人の一座に加わって諸国を巡ってきたラスティンは、戦火に焼かれた村々をこの目で見た。異民族であっても、人だ。どれだけの人々が殺されたのか。

――異民族から収奪した富で、王都は潤っているわ。自国の農地を耕さずとも、収奪した食べ物で民は生きていける。だけど、……いつまで戦いを続けるつもりなの？

ひたすら続く戦いを、ラヌレギア王国の人々が不安に思っていないわけではない。兵として奪われた息子が戦いで殺されることに、恐怖がないわけでもない。

だが、人々はガスタイン王への抵抗手段を持たない。何故なら王の軍隊は強大であり、王は逆らう者を許さない苛烈《かれつ》な性格で知られているからだ。

王に関する血塗られた噂《うわさ》が、ラスティンの耳まで届く。

——自分に逆らう人間は容赦なく殺し、その首をさらすって。

ガスタイン王は、まだ若い。

彼が十五で王位についたとき、ラヌレギア王国はひどい飢饉に襲われていた。そんな中で穀物を溜めこみ、商人と組んで大儲《おおもう》けをしていた領主がいた。王は彼らを死罪にして首をさらした。

その行為に人々は拍手喝采《かっさい》したものの、凶行はなおも続いた。

自分に逆らったり、出し抜こうとした者の首を、王は容赦なく城門にさらし続けた。政《まつりごと》の全ては王の一存で決まる。王を諫《いさ》め、戦いを止めようとする王臣は今や一人もいない。反対する王臣は、すでに殺されているからだ。

——だからこそ、ガスタイン王は凶王と呼ばれているの。

だが、表だって王をその名で呼ぶ者は一人もいない。

ガスタイン王は、常勝の王として支持される一方で、恐怖の対象でもあった。

王に対する恐怖と憎しみの念は、ラスティンの心身にも深く刻まれている。

ラスティンを育ててくれた人々も、凶王に殺されたからだ。

このラヌレギア王国では、三柱《みはしら》の神があがめられている。太陽の神、白き神、そして禍《まが》つ神。

太陽の神は、王の一族に宿っている現人神《あらひとがみ》だ。この世に光をもたらし、影を払う。禍つ神は人々の心の闇を糧《かて》にして、この世に災いをもたらす。白き神は太陽の神と対になって、豊穣《ほうじょう》と平和をもたらす。

かつてこのラヌレギア王国は、大陸でも有数の豊穣の国だったと聞く。だが、その豊穣は失われてしまった。いつからか、白き神は力を失っていた。

ラスティンは白き神の巫女《みこ》の生まれ代わりとして、物心ついたときには、白き神を祀《まつ》る神殿にいた。そこでラスティンは女性ばかりの神官に囲まれて育った。

ところがある日、神殿内に叫び声が上がり、火が放たれた。太陽の神であるはずの王が兵を送りこんできたのだ。

そのときのことを、ラスティンは部分的にだが鮮明に覚えている。

ラスティンは、当時九歳だった。

巫女であるラスティンだけはと、神官たちに命がけで守られ、命からがら生き延びた。皆が死んだことを噂で知り、毎日のように泣いた。涙が涸《か》れた後に心に宿ったのは、自分の大切な人々を殺した相手――凶王への復讐心《ふくしゅうしん》だ。

質素だけれども、温かな暮らし。助けあって暮らす心優しい人々。そんな神官たちとの日々を壊した凶王が許せない。

そのときから、凶王への怒りはずっと心の奥に塊となってある。そして、復讐を遂げると同時に、男手を奪い収穫を阻む王の戦を止めたい。人々の幸せな暮らしを取り戻したい。神殿を抜け出した幼いラスティンは、必死に王都から逃れた。近隣の都市にたどり着いたときには、餓えと渇きでふらふらだった。

見かねた親切な民が、幼いラスティンの手を引いて救護院に連れていってくれた。ラヌレギア王国の民であれば、誰でも餓えることはない。救護院に行きさえすれば、食べ物が与えられるのだと、そのときに聞いた。

そこで出された豆のスープの温かさと美味しさを、今でも覚えている。

救護院がなかったら、ラスティンはのたれ死にしていたことだろう。

――だけど、死ぬわけにはいかなかったの。

子供だけが通れる狭い通路を使い、ラスティンを神殿から脱出させようとしたとき、年かさの神官長が手を握って伝えたことがある。

白き神の巫女には、特殊な力がある。その力でラスティンはこの国を救わなければならないのだ、と。

『あなたは白き神の巫女です。あなただけが、あの忌まわしき王を滅ぼすことができる唯一の者だと、お忘れなきよう』

それは、懸命の訴えだった。

ラスティンは幼くとも、その訴えの大切さがわかった。その言葉を、一言一句しっかりと覚えていないといけない気がした。

『どうやって、滅ぼすの？』

『いつか、この白き神殿にお戻りください。その身体を使って……王に愛されるのです。そして……ここに！　この石の下に……隠しておきますから……いつか、これを……！』

そのときには火が迫り、混乱が極まっていた。神官長の最後のほうの言葉は聞き取れず、その後の記憶もまばらだ。だが、凶王を滅ぼし、この国を救わなければならないことだけは記憶に刻みこまれた。

だが、のちにラスティンは、凶王は不死身だと知ることになる。

どんなに深い刀傷を負おうが、矢が心臓を貫こうが、凶王の命が失われることはないのだと。

なのに、ラスティンだけが凶王を滅ぼすことができるとはどういうことなのか。

――身体を使って、王に愛される？

その言葉は、幼い少女には理解できないまま、ずっとラスティンの中で眠っていた。だが、成長するにつれてある推測が生まれる。

――身体を使って愛されるというのは、性的な交わりを結ぶってこと？

どうしてそれで凶王を滅ぼすことができるのか、いまだにわからない。だが、それが唯一の方法だと言われている。

また、あることに思い至り、背筋が凍った。

――もしかして、白き神の神殿が焼き討ちされたのは、白き神の巫女なら不死身の凶王を滅ぼすことができるからなの？　危険の芽を、摘《つ》んでおこうとした？

あの日、白き神の神殿に押し入った王の兵たちは、その巫女が生き残っていることを知っているだろうか。埃《ほこり》まみれの通路から這い出した小さな足跡を見つけただろうか。

そして、ラスティンが神官長から、何かを託されたことを。

――知られてても、知られてなくてもいい。

ラスティンは決めた。

頼るものとてない。武器はこの身体一つのみだ。

この肉体で、ラスティンは凶王を死へと追いやりたい。どんな手を使ってでも。

そのように思えるだけの大義が、ラスティンにはある。

凶王はこの国にとって、厄災そのものだ。

戦を止めたかったら、凶王を滅ぼすしかない。

人々の穏やかな暮らしを取り戻したい。

幼いころの、優しさでふわふわと包まれていたような暮らしを。

夜になった。

王城前の広場には無数のかがり火が焚《た》かれ、兵たちが樽《たる》ごと運びこまれた酒を浴びるように飲んでいる。その傍らには家畜の丸焼きが置かれ、それを喰《く》らい、宴に興じていた。

その間を、旅芸人の一座は兵たちにからかわれながら突っ切っていった。

中でも一段と彼らの目を惹《ひ》くのは、踊り子たちだ。鍛《きた》え抜かれた豊かな肢体に、胸と下肢の一部を隠すだけの扇情的な衣装を身にまとっている。その白い肌が、兵の目を惹きつけてやまない。

十人いる踊り子の中で、一番目立つのはラスティンだ。

二十四という年齢は、踊り子として特に若いわけではなかったが、成熟した身体の線がぞくりとするような色香を放っている。猫のように少しつり上がった杏型《あんずがた》の目は赤く縁取られ、化粧と相まって、神秘性を帯びている。

しなやかな体軀《たいく》に、銀色のまっすぐな髪。

胸はさほど大きくはないが、男が注目するのは、すらりと伸びたその足だ。腰から太腿にかけての艶やかなラインや、ふくらはぎから足首にかけての造形が、兵たちの目を惹きつける。

ラスティンが踊り子たちの先頭に立っているのは、単に美しいからだけではない。その踊りが秀でていたからだ。

旅芸人の一座に加わり、各地を興行して歩くようになって五年だ。ただの素人が、年季の入った踊り子に交じり、彼女たちですら舌を巻くほど見事な踊りを身につけた陰には、血の滲《にじ》むような努力があった。

その甲斐《かい》もあって、ラスティンが加わった一座はどこでも拍手喝采を浴びるようになった。評判はうなぎのぼりで、今夜はついにラヌレギア王国の王都で行われる戦勝の宴にまで呼ばれている。

これから待ち受けていることを想像しただけで、ラスティンは緊張で吐きそうだった。

それでもどうにか深呼吸を繰り返し、笑顔を崩さないようにしながら王城に向かう。

普通なら、身分のないラスティンは王の視界に入ることすらかなわない。

だが旅芸人の一座に加われば国から国、都市から都市へと移動し、その領主や王の御前でさえも芸を披露することができる。

だからこそ、ラスティンは一座に加わったのだし、千載一遇《せんざいいちぐう》のこの機会に全てをかけていた。

十九歳までラスティンは救護院で育った。粗末な衣服を身につけ、病人たちの世話をしていた。

だが、そのときに運命的な出会いがあった。

その街に来た旅芸人一座に、白き神の神殿にいた神官が交じっていたのだ。彼女はラスティンを一目で巫女だと気づいたらしく、その夜、二人きりで長い話をした。

ラスティンが神官長に託された言葉を伝えると、彼女はしばらく考えたあげくに、一座に加わらないかと誘ってきた。今のままでは凶王に近づくチャンスはない。だが、踊り子ならばその目にとまる機会はある。凶王に近づくことができれば白き神殿の跡地に行くこともできるだろう、と。

『その可能性は、ほんのわずかです。だけど、ないよりは』

その言葉につき動かされて、ラスティンは救護院での暮らしを捨てた。

それからずっと、凶王を殺すことだけを胸に秘めて生きてきた。そのために、この身体を利用する覚悟もしている。どれだけ肌の露《あら》わな衣装を身につけようが、何も恥じることはない。

むしろ、白き神の神官たちの幸せな生活を踏みにじった凶王に何も復讐せずに、負け犬のまま生きていくことのほうがラスティンにとっては苦痛だった。

――何でもしてみせる。

城門をくぐり、城の敷地内へと入る。

外の広場と同じく、王城の大広間でも宴が開かれていた。そこでの宴は、広場のものより一段と豪華で華やかだ。

正面の門は大きく開け放たれ、今日だけは旅芸人でも堂々とそこから入っていくことができる。お仕着せの従者の案内に従って黒い石で造られた大階段を上がり、大広間の堂々たる扉の前に立った。そこの扉も開け放たれていた。

ラスティンが中に視線を向けると、最奥に一段と高い場所があるのがわかる。その階の上に天蓋が据えられた玉座があり、ガスタイン王はそこにいるはずだ。

そう思った途端、ラスティンの心臓はきゅうっと縮まった。

——凶王が、……そこに……！

これまでにあったどんなときよりも、凶王との距離は近い。

大広間を埋めつくしているのは、外にいる兵よりも身分の高い隊長たちだった。

隊長よりも身分の高い諸侯たちが玉座に近い位置に陣取っているのが、そのきらびやかな服装から読み取れる。

玉座の前には、ぽっかりと空間が空いていた。そこでは外部から呼ばれた楽団が流行の曲を披露していた。その演奏が終われば、いよいよラスティンたちの出番だ。

ラスティンは大広間の扉のところで、順番がくるのを待つ。

ここからでは、玉座は遠すぎてよく見えない。

だが、いざ自分たちの番がくれば、王からかなり近いところで踊れるはずだ。

考えただけで鼓動が鳴り響き、落ち着かなくなる。

このチャンスを、自分はどれだけ生かすことができるだろうか。

旅芸人一座の中では、誰よりも研鑽《けんさん》に励んだラスティンが一番の踊り子だ。その肢体と踊りは、同じ踊り子たちからも認められていた。

男を惑わす視線の使い方も、苦労して身につけたつもりだ。ガスタイン王に気に入られなければならない。男が好きなのは、胸とこの足と腰のはずだ。王にこの肢体を見せつけて、戯れに寝所に引きずりこまれれば本望だ。

――どうにか、後宮まで入りこんで。……それで……。

ごくり、とラスティンは生唾を呑《の》んだ。

王城の奥に、王族の住む後宮がある。ラスティンがかつて暮らしていた白き神の神殿は、その後宮の裏手にあったはずだ。そこまでどうにかたどり着きたい。

身分のないラスティンがそこに忍びこむには、王の寵愛《ちょうあい》を受けるしかない。

そのとき、楽隊が演奏を終了させた。

ラスティンは覚悟をこめて、他の踊り子たちをぐるりと見回した。ラスティンをこの旅芸人の一座に引きずりこんだ元神官と目が合う。

彼女が昨夜言った妙なことが、心に引っかかっていた。

『明日、私が何をしようとも、気になさらず。本懐を遂げられますように』

その本意は聞き出せなかった。

ラスティンは他の踊り子と一緒に、広間に進み出た。すぐに始まった音楽に合わせて身体をくねらせながら、玉座を仰ぎ見た。天蓋の布は上げられているようだ。

だが、途端にラスティンは息を呑む。

玉座にはまがまがしい気配があった。真っ黒な霊的エネルギーに包みこまれているように感じられる。

――あれが、ガスタイン王……！

がっしりとした長身の体軀に、きらびやかな衣装。肩は厚く、腕は太い。

鼻梁《びりょう》がまっすぐで彫りの深い顔立ちが、想像していた以上に整っていることに、ラスティンは驚いた。血に餓えた悪鬼《あっき》のような形相を思い描いていたのだが、むしろ戦いとは無縁だと思わせるほどに麗しい。

――凶王がこんな顔だったなんて。

まっすぐに伸びた精悍《せいかん》な眉に、その下で輝く不穏な眼差《まなざ》し。翠色《みどりいろ》の瞳は冷ややかな光を放ち、酷薄そうな薄めの唇は固く引き結ばれている。

玉座に腰掛け、肘をついた手の上に退屈そうに顎《あご》をのせていた。長い足は組まれていて、その太腿の筋肉はたくましい。

いつでも抜けるように、宝石のついた大きな剣が玉座のそばに置かれているのが目に飛びこんできた。

何かが起これば、誰よりも早く王自らが対処するだろう。そんなふうに思わせる。

――凶王を殺すのは、……私よ。

その顔をまぶたに灼《や》きつけながら、ラスティンは心にそう誓った。凶王から視線を外さないまま踊るのは、凶王の視線を自分に惹きつけるためだ。人は見られていると、その視線を感じる。

だからこそラスティンは凶王の顔をひたすら見つめ、自らの肢体を見せつけるように踊り続けた。

足首につけた鈴を音楽に合わせて打ち鳴らす。おそらくは許された範囲を超えて、階の下まで近づいていく。

そのことに気づいたのか、玉座の左右に控えている兵たちが次々と剣の柄に手をかけた。

「――……っ!」

緊張にラスティンは息を呑んだ。ここで切り捨てられても不思議はない。

だが、それらの警戒を解かせるために、ラスティンは妖艶《ようえん》な笑みを浮かべた。他の九名の踊り子にも合図をして一斉に階下に近づき、一矢乱れぬ踊りを披露し続ける。

異国情緒漂う、表現豊かな踊りだ。女性の身体の曲線を淫《みだ》らに強調しながら、音楽に合わせて速くて複雑なステップを踏み続ける。鈴が打ち鳴らされる。

ラスティンはその中央に立っていた。自らを鼓舞《こぶ》するような太鼓や音楽の響きに身を任

せていると、一種の神がかり的な状態になってくる。

たおやかに腰をくねらせ、音楽に合わせて足を振り上げ、誘うように玉座に腕を伸ばす。

そうしながらラスティンの目は、階の上のガスタイン王にずっと向けられていた。

最初はどうでもよさそうに眺めていたガスタイン王と、だんだんと視線がからみあうようになってきた。

その眼差しがこの身体へと向けられていることに気づいて、ラスティンは興奮に震えた。

軽く唇を舐め、胸や太腿のラインがより扇情的に見えるように自分の身体の角度を絶妙に変化させる。

途轍《とてつ》もない緊張のためか、いつになく息が上がっていた。苦しくてたまらないが、テンポを緩めるどころかますます熱をこめて踊る。ラスティンにとっては二度とないチャンスであり、王の前で踊るために何年も待った。

ここで王に興味を抱いてもらえなかったら、他に手はない。

がむしゃらに踊り続け、音楽の終わりとともに、階の下で平伏した。

「はぁ、……は、は……っ」

すぐには動けないぐらい疲れきっていた。

すぐに次の芸が披露される。さっさと退出しなければならない。だが、ラスティンは他の踊り子たちが下がっても動かなかった。

ざわめきが広がっていく。

のろのろと顔を上げると、兵が二人、こちらに向かっていた。恐怖にすくみ上がりながら、ラスティンは階の一番下の段に膝をかけ、足の奥を見せつけるように開いた。

そんなラスティンの姿に興を惹かれたのか、ガスタイン王が兵らを制止するように軽く手を上げた。

「そなたの名は？」

どしりとした声が響く。

広間中の人々が王の戯れを察して、一斉にラスティンに視線を向けてきた。

ラスティンは階の上に顔を向けた。

ガスタイン王はその形のいい唇に、酷薄な笑みを浮かべていた。その目に見つめられただけで圧を感じながら、ラスティンは再び平伏する。

「ラスティンと、……申します」

ありふれた名だから、白き神の巫女だと知られることはないはずだ。

「何か言いたいことでもあるのか？」

そんな言葉が降ってきたことに、ラスティンはぞくっと震えた。

――お情けを。

それが唯一の望みであり、心の中で思い描いていた展開だ。ひたすら王と交わることを願ってきた。

『あなたは白き神の巫女です。あなただけが、あの忌まわしき王を滅ぼすことができる唯一の者だと、お忘れなきよう』

神官長の言葉が蘇る。

『その身体を使って、……王に愛されるのです』

自分を慈しみ、育んでくれた神官たちを虐殺された事実は消えることはない。

だが、いざとなると言葉が出てこなかった。

口がカラカラに渇き、頭が真っ白になる。いくら覚悟を決めたつもりでいても、女性から情事を望む言葉を口にするのはひどく抵抗があった。心から憎んできた相手に抱かれようとすることも。

だが、このままでは兵らに引きずり出されてしまう。

そのとき、瞳の端で何かが動くのが見えた。

——あの人……！

旅芸人の踊り子だ。白き神の神官の生き残りで、ラスティンを一座に引きずりこんだ人物。

『私が何をしようとも、気になさらず。本懐を遂げられますように』

彼女の言葉が蘇る。

彼女は、気配を殺して階の下に向かおうとしていた。凶王や兵らからは死角になっており、皆がラスティンに注目していたから、気づいているのはラスティンだけかもしれない。

彼女がナイフを持っているのを察した瞬間、ラスティンは床から飛び起き、必死になって走った。

凶王をかばったのではない。

あんなナイフでは、ガスタイン王は殺せない。あたらこんなところで、命を落とす必要はない。

彼女はラスティンを助けてくれた。大切にしてくれた。身体で接待させようとする野蛮な男たちから守ってくれた。

だから、彼女を守りたかったのだ。

――やめて――……！

ラスティンは階を駆け上がっていく彼女を、懸命に追った。

彼女がナイフを持っているのを見られないうちに、どうにかしてかばいたかった。

だが、ラスティンが動いたからか、すぐさまガスタイン王が異変に気づいた。ガスタイン王が素早く玉座に立てかけてあった玉刀を抜こうとしたとき、俊敏な彼女は階の一番上まで到達し、猫のように素早く切りかかった。

「……っ！」

だが、その身体はガスタイン王の素手の一振りで吹き飛んだ。彼女は階の途中にいたラスティンの横をかすめて、一番下まで転がり落ちていった。

その彼女を兵たちが取り囲んだ。直後に、くぐもった悲鳴が聞こえた。

その断末魔の声に、ラスティンは凍りついた。

——殺された？　……殺されたの？

彼女は大広間から引きずり出されていく。兵たちが取り囲んでいたから彼女がどうなったのかは見えなかったが、大理石の床にはべったりと血の跡が残っていた。従僕が駆け寄ってきて、それを素早く拭き取っていく。

そのとき、ラスティンにガスタイン王の声がかけられた。

「暗殺者の一味か」

その言葉に、ラスティンは凍りついた。

自分も、ガスタイン王を暗殺しようとしたと思われたのだろうか。

勝手に身体が動いてしまったが、自分は彼女を止めようとしたはずだ。だが、どうして彼女はあのような無謀なことをしたのだろうか。賢く、思慮深かったから、ガスタイン王が不死身だと知らないはずはないのに。

動揺のあまり喉が干上がり、全身が小刻みに震えてくる。頭が真っ白になって玉座を仰ぎ見ると、凶王に軽く手招きされた。近づけという合図だろうか。

逆らうことはできず、ラスティンは震える足で階を上がっていく。

一番上で足を止めた。ラスティンを警戒して、玉座の左右の兵たちが殺気立っている。

だが、ガスタイン王は何事もなかったかのように玉座に座っていた。命を狙われたのに、元のように長い足を組み、頬杖《ほおづえ》をついていた。しかも、その目は不穏に輝いている。

面白い出し物でも見た後のように。

「旅の一座は、皆殺しにする。俺を殺そうとしたから、当然だ。だが、そなたは俺を助けようとしたようだ」

——皆殺し……！

その言葉に、ラスティンはへたりこみそうになった。

何が起きているのかわからず、ガチガチと歯が鳴りだした。

『私が何をしようとも、気になさらず。本懐を遂げられますように』

彼女が言い残した言葉の意味が、ようやく理解できた。

彼女は命を賭して、ラスティンが凶王に近づけるようにしてくれた。旅の一座の命を強引に巻きこむようなこんな形で。それに気づいたラスティンが凶王を反射的にかばうだろうと見越して。

——私だけが、……助かる？

震える身体で何とかひざまずき、深く頭を垂れた。

うまくやらなければならない。彼女がここまでしてくれたのだから。

だが緊張と恐怖と、彼女が殺されたという衝撃と、一座の者も皆殺しにされるという理不尽さで、頭が真っ白なままだ。まともに何も考えられない。

王の声が頭上に降りかかる。

「礼は取らせよう。何が望みだ？」

ラスティンは乾いた目をガスタイン王に向けた。

「……助けてください。……仲間の命を」

まずは必死で、そのことを訴える。元神官の彼女以外は、まともな人間はいなかった。入ったばかりのラスティンをいじめ、殴り、ひっぱたいた。男は機会があれば身体を奪おうとした。それでも、命が奪われていいはずがない。

だが、ガスタイン王は軽くそれを退けた。

「無理だ。王の命を狙うのは、重罪だ。すぐに刑は執行される」

ぞくっと、ラスティンの背筋が凍った。振り返れば、一座の者はいつの間にかこの大広間から姿を消していた。褒美をもらう代わりに、血祭りに上げられるのだろうか。

「他に望みがないのならば、下がれ」

王は旅芸人の命など、まるで気にもかけていないらしい。

仲間の命を救うのが不可能だと知って、次の望みが頭に浮かぶ。先ほどどうしても口から出なかった言葉だ。

『お情けを』

自分から男女の営みを——しかも、殺してやりたいほど憎い男に抱かれることを、望むなんてあり得ない。

だけど今なら、——命を賭した彼女の覚悟を知り、凶王にとっては名もなき人々の命など塵《ちり》ほどの重さもないことを実感した今なら、ラスティンも命をかけられる。

そのために身体を投げ出すなど、大したことではないはずだ。

——ガスタイン王を、……凶王を、殺したい。殺さなければならない。

使命として心の中に刻まれていたことが明瞭に浮かび上がった。

気負いとともに、王に眼差しを据え、赤く紅で縁取った唇を動かした。

「お情けを。陛下のお姿に、一目で恋に落ちてしまいました」

騒動により静まりかえった大広間に、ラスティンの凛《りん》とした声は隅々まで響いた。

その言葉が、大広間を埋めていた男たちを楽しませた。わっとはやし立てる声が聞こえてくる。

女は貞淑が一番とされている。女性から告白するのはおろか、性行為を望むなんてあり得ない。性を売りものにする踊り子だからこそ、そんな淫らな願いを口にできる。

若きラスティンの口から漏れた言葉は、男としての本能を心地よくくすぐったはずだ。

だが、沸き立ったのは周囲だけだった。

王は依然として、冷ややかな眼差しをラスティンに向けていた。だが、玉座から立ち上がると、平伏するラスティンの前で膝をつく。

石の床に頭を擦りつけるラスティンのほっそりとした顎に指をかけ、強引に上げさせて顔をじっくりとのぞきこんできた。

「我が情けが欲しい、と？」

その指の冷たさにぞくりと震えた。死人のようだ。どうしてこんなに冷たいのだろうか。

凶王に、喜んで乙女の操《みさお》を捧げたいはずがない。だが、すでに覚悟は決まっていた。

ラスティンは凶王に眼差しを向け、上擦りそうな声を押し出した。

「はい。……陛下のお情けをこの身に受けることができたならば、それ以上の悦《よろこ》びはございません」

緊張に、心臓が喉元まで移動したようだった。喉が塞がれ、呼吸ができない。

ガスタイン王はすうっと目を細めた。

笑っているように見えたが、ラスティンの心を探っているようにも思える。町では誰もが誘いをかけてくるラスティンの肢体であっても、さして効果があるわけではなさそうだ。

だから王が顎から手を離し立ち上がったとき、願いはかなわないかもしれないと絶望した。

だが、ガスタイン王は玉座に戻る途中で言い残した。

「ならば、その褒美を取らせよう。我が寝所に」

ラスティンは目を見張った。

願いがかなえられた喜びはあったものの、同時に現実的な恐怖が襲いかかる。

――この男に、抱かれる……。

ひたすら憎くて、殺したいと願うこの男に。

じわりと涙があふれたが、ラスティンはその顔を誰にも見られないように、床に額を擦りつけて隠した。


それからラスティンは大広間から連れ出され、従者に案内されて長い廊下を後宮に向かって歩いた。従者は大広間でのやりとりを聞いていたのか、ラスティンに猥雑《わいざつ》な言葉をかけてきたが、ほとんどは耳を素通りする。

王城は威圧的なほど豪奢《ごうしゃ》だった。同時に敵を阻む頑丈な要塞《ようさい》でもあることが、分厚い壁などからラスティンにも見て取れる。

幾重もの城壁に取り巻かれたこの城の、一番警備の厳重な場所に自分は今から行くのだ。

方角がわからなくなるほど入り組んだ回廊を歩いた後で、ラスティンは後宮に着いたようだ。侍女へと引き渡された。

まずは、湯浴みの場所に引き立てられる。

石作りの浴槽にふんだんに張られた熱い湯は、綺麗《きれい》に透き通っていた。そのことに、ラスティンは目を見張ってしまう。こんなに贅沢《ぜいたく》に湯を使うことも、その湯が清潔であることも長いことなかったからだ。

だけど、緊張と気負いのせいか、熱い湯に身を沈めてもなかなか身体はほぐれないし、温まらない。先ほどラスティンの顎に触れたガスタイン王の、氷のような指の感触を思い出した。またぞくっと鳥肌が立つ。

——まるで、死人の指だった。

湯の中だというのに、ガチガチと歯が鳴りだす始末で、まるで温まった感じがしない。

これからのことを考えてみただけで、不安と絶望に逃げ出したくなった。

顎まで湯に沈み、ラスティンは長い銀色のまっすぐな髪が湯の中で広がっているのを感じながら、てのひらで顔を覆った。

初めて、間近で凶王を見た。

想像とはまるで違っていた。

——野蛮で凶暴な姿だと思っていたのに、……若くて、端整だったわ。

強靭《きょうじん》な肉体に、驚くほど整った顔立ち。鋭く威圧的な眼差し。あの王の前では、どれだけしたたかな王臣であってもたじろぐに違いない。

あの目を思い出しただけで、得体の知れない不気味さに震えそうになる。

初めての性行為というだけでも恐怖が大きいというのに、しかも相手はあの男なのだ。

——だけど、……やるしかない。

じわりと湧き上がってくる涙をこらえて、ラスティンは顔を洗った。

救護院でも旅芸人の一座でも、白き神の巫女であることを隠してひたすら耐え忍んできた。殴られても蹴られても、命を奪われないかぎり平気だ。自分はしたたかに、目的を果たすことができる。

——だから、できる。きっとできる。

ラスティンは必死で自分に言い聞かせた。

身体がどうにか温まったころ、侍女たちが戻ってきた。顔に油を塗られ、ラスティンの踊り子の濃いメイクは全部落とされてしまう。

紅などに毒が仕込まれ、王が暗殺されるのを防ぐためだろう。不死身の凶王にそんな配慮は不要なはずだが、後宮に手順として受け継がれているのかもしれない。

妖艶なメイクが落とされると、ラスティンの素顔が剝き出しになった。ラスティンは自分の素顔があまり好きではなかった。強さよりも、弱さを感じさせるからだ。

だが、侍女たちが感心したようにつぶやくのが聞こえた。

「色が白くて、透明で――」

「すごく綺麗」

「踊り子にしては」

そこで、侍女たちは言葉を切る。たかだか踊り子にかけるにしては、過ぎた賛辞だと判断したのだろう。

もう少し温まりたいと言うと、彼女たちは次の準備のために散っていく。

ラスティンにはやらなければならないことが残っていた。

湯の中に肩まで身を沈めながら、ラスティンは手首にうっすらと浮かんだ花びらの形の痣《あざ》を、もう片方の手でそっと覆った。

凶王に襲いかかって殺された元神官の言葉が蘇ってくる。

『男は、下らない欲望に従って生きております。性欲に食欲、自尊心、男らしさ。男をたらしこむには、それを満たしてやる必要がございます』

彼女は他の踊り子たちの前ではラスティンをどうでもいい体《てい》で扱っていたが、二人きりになったときには、ひどく丁寧な物言いをした。

男からしつこく誘いをかけられながらもラスティンが純潔を守ってこられたのは、彼女が身体を張って助けてくれからに他ならない。その彼女が何を言いだすのかと、気になった。

『王に気に入られるためには、その自尊心をたっぷり満足させてやる必要があります。淫らに乱れるのです』

最初は何を言われているのかわからなかったが、その意味がじわじわと理解できた。

――つまり、凶王にただ抱かれるだけじゃなくて、満足させなければダメってことよね？　だけどどうやって。

経験のない自分に、そんなことが可能なのだろうか。

彼女はラスティンを見据えて、真剣な顔で言ってきた。

『巫女さま。大変おいたわしいことですが、感じやすい身体になって、本当に達せるようになるしかありません』

旅芸人一座の一員となって五年だ。ラスティン以外の踊り子は旅の宿に男を連れこみ、ラスティンが隣のベッドにいるにもかかわらず、性行為をすることがあった。

男というものがどれだけろくでもない欲望を抱いて生きているのか、それらを見るにつけ、少しずつわかってきている。

性についても詳しくなったものの、経験はない。達することすらどんな感覚なのかわからない。

だけど、白き神殿の跡を探るためにも、お気に入りの愛妾《あいしょう》となって、ここに滞在する必要があった。

——そのために、感じやすい身体になる？

彼女の言葉が、理不尽さとともに胸に染み渡っていった。

そこまでしないとダメかもしれない。何せ国一番の権力者である凶王には、大勢の女性が群がっていることは容易に想像できる。

『どうすれば、そんな身体になれるの？』

ラスティンは彼女に尋ねた。

彼女はどこか悲しそうな笑みを浮かべ、ラスティンの身体に特別な魔法をかけてくれた。

『我らが巫女さま。あなたにこのような秘法を授けることになるとは思いませんでした。ですが、これで』

彼女にかけてもらったその魔法は、ラスティンの身体に深く染みこんでいた。

——『全身の感度が上がる』って。初めてでも、乱れて達せる身体になれるって。

ラスティンは手首の花びらの形の痣の上に手を重ね、しばらく心を静めて温めた。

ゆっくりと呼吸をしていると、その魔法が賦活《ふかつ》し、皮膚の感覚が研ぎ澄まされていく。

湯の揺らぎにすら肌が震え、乳首が尖《とが》った。手を出してみると、痣はその色を濃くしていた。

そのとき、侍女の一人が声をかけてきた。

「お召し替えを」

ラスティンは浴槽の中で立ち上がる。待ち構えていた侍女たちが、ラスティンの身体を柔らかな布で包みこんだ。

「……っ！」

ただそれだけの接触にも、ラスティンの今の感度ではぞくぞくっと震えてしまう。膝の力が抜けそうになるのをどうにかこらえて、ラスティンは何でもないふりをした。

侍女に身体を拭かれているだけなのに、乳首がジンジンと痺《しび》れてくる。強く胸元を擦られると、息を呑んでしまいそうなぐらいの刺激が突き抜けた。それを必死で我慢して、衣装を着せられていく。

ラスティンに与えられたのは、薄手の純白の絹の夜着だった。

双乳が収まる部分にも、ふんだんに装飾がちりばめられていた。

最高級の絹はさらりとした感触だったが、それらが肌に触れるだけでもぞくぞくとした甘さが生まれる。夜着の長さは太腿までしかなく、裾には大輪の花の刺繍《ししゅう》があしらわれていた。

椅子に座らされ、背中の途中までまっすぐ流れる銀色の髪の水分を拭われ、くしけずられた。侍女がハサミを持って、毛先を綺麗に切りそろえていく。

爪の手入れもされた。

爪にあやしげな仕込みがされていないか、確認するのと同時に、凶王の肌を傷つけることがないようにという配慮だろう。短く切られ、先を丸くされた。

夜着の上に緋色《ひいろ》のガウンを着せかけられた。これで準備は終了らしい。

ラスティンが身支度を調《ととの》える部屋には十人ほどの侍女がいたが、誰もラスティンには必要最低限にしか話しかけてはこなかった。お仕着せの衣装を身につけた侍女は皆美しく、教養がありそうだ。王城の中でも、身分の高い侍女なのだろう。

――この踊り子風情《ふぜい》が、って思っているってことね。

そんな雰囲気が伝わってくる。

「こちらへ」

特に身分の高そうな侍女がラスティンを先導した。

最後にラスティンに与えられたのは、柔らかなフェルトの靴だった。その靴を履いていても、床の冷たさが鮮明に伝わってくる。

やはり肌がかなり敏感になっているらしい。いつもなら気にならない服の擦れや、足の指の動き、太腿にガウンがまとわりつく感触。ただ歩いているだけで、じわじわと肌が火照りだす。

全身に伝わる全ての刺激がラスティンの官能に火をつけ、甘く身体を溶かしていくようだった。こんなふうになるのは初めてだ。ラスティンはそんな自分の変化にうろたえるしかない。

とまどうラスティンを振り返ることもなく、侍女は一定の足の運びをやめない。

ラヌレギアのこの王城は、やたらと広くて堅牢《けんろう》だ。戦を続ける王の居城であるから、城壁が幾重にも張り巡らされ、その一番奥に後宮がある。

後宮も堅牢さを感じさせる壁の厚さはあったものの、その内装は際だって優美だった。回廊の窓から外が見える。市街地から、ここは遠く隔たっている。城の大広間ではまだ宴が続いているのかもしれない。だが、ここには何も聞こえてこない。耳鳴りがしそうなほどの静寂に包まれている。

――旅芸人の一座の人々は、本当に皆、殺されたの？

それを思うと、血が凍りそうだ。ろくでもない人々だった。盗みや人さらいも行っていた。それでも、冷たい骸になったかもしれないと思うと、穏やかではいられない。

見上げると、遠く月が見えた。

まだ月は細い。月の存在が遠く感じられて、ひどく心細くなる。

白き神は太陽と対をなし、月の加護を与える。御使いは海鳥で、豊穣の恵みも与える。月はいわばラスティンの守り神だというのに、今夜、その月は痩せ細っている。自分はうまくやれるのだろうか。

――やれるかじゃなくって、やるの……！

ラスティンは強く拳を握りしめた。

頼れるものなど、何もない。

ガスタイン王の暴虐はさんざん見てきた。戦火を好む王のせいで、大勢の人が死んだ。

今、この国にあるのは、農地の体をなしていない干上がった畑ばかりだ。男を兵に取られ、残された女や子供だけでは耕しきれない。

ガスタイン王さえいなくなれば、長い間続けられた戦いはやみ、平和が訪れる。農地に男が戻り、作物を育て収穫できるはずだ。

人々はようやく安らかな日々を送れる。ふんわりとした温かい日々が戻ってくる。

ラスティンは復讐のために王を滅ぼそうとしているが、神官長がラスティンにやらせたかったことは、王の戦を止めて豊穣を取り戻させることなのではないだろうか。どちらにせよ同じことだ。凶王を殺せばいい。

――そうよ。全ての元凶は、あのろくでもないガスタイン王にある。戦いを望まない多くの人々が、ガスタイン王の死を望んでいる。だけど、殺せない。不死身だから。

その不死身の王を、自分が倒す。この身体を使って。

憎い男に抱かれると思っただけで、やりきれない憤りに叫びだしそうだ。ずっと震えが止まらないくせに、身体の芯のあたりが灼けつくように熱かった。悪寒とのぼせが混じったような奇妙な感覚があって、暑いのか寒いのかすらわからない。

ラスティンはできるだけ深く呼吸し、自分の異変を他人に悟られまいと必死だった。

これから、長いこと夢見ていた復讐がかなう。その手順を、頭の中で確認した。

まずは、王に気に入られてこの後宮にとどまることを許されるしかない。それから、白き神の神殿跡に行くチャンスを見つける。そうすれば、何かが見つかるはずだ。

ラスティンを先導していた侍女が立ち止まったのは、一段と警戒が厳しい豪奢な扉の前だった。扉の左右にいる兵たちの誰何《すいか》に侍女が答えると、その扉が内側から開かれる。扉を開いたのは、部屋付きの侍従だ。

目を見張るほどに立派な部屋が、その内側にはあった。

ガスタイン王の住まいであるこの王城は、大陸最高の技術者を招聘《しょうへい》して造られたと聞いている。三百の部屋があり、千人もの人が働いているのだと。

王城に入ってからというもの、ラスティンは見るもの全てに威圧されてきた。

その中でも今、案内されたガスタイン王の私室が、一番きらびやかに思えた。黄金に輝く壁と床。精緻《せいち》な黄金の装飾と宝石で埋めつくされた調度。

異民族の財が、ここぞとばかりに詰めこまれた部屋だ。

赤いベルベットに金の糸で刺繍された絨毯《じゅうたん》を踏んでいく。

次の部屋では、黄金の仕掛け時計がまず目を惹いた。壁全体が金箔《きんぱく》で覆われていて、ランプの光をまばゆく跳ね返す。

そのさらに奥に、ガスタイン王の寝室があった。

凶王はその身体を、部屋の中央にある天蓋付きの大きなベッドに横たえていた。どれだけ絢爛豪華《けんらんごうか》な部屋の中にあっても、凶王の存在感は際立っていた。獲物を狙う肉食獣のような気配が、ガスタイン王にはある。その目で見据えられただけでも、ラスティンは恐怖を覚えて立ちすくまずにはいられない。

——この人、何なの……。

凶王には、まがまがしい気配があった。大広間で彼を初めて間近で見たときも感じ取ったのだが、そんなふうに見えているのはラスティンだけなのか、ここまで案内してきた侍女は何ら気にした様子がない。

侍女はラスティンから緋色のガウンを脱がせると、それを畳んで近くの椅子に置き、深々と礼をして寝室を出て行く。ラスティンの背後で、分厚い扉が閉まった。

室内の照明は、ベッドの天蓋の柱にかけてあるランプ一つだけだ。

凶王と二人きりだ。王は不死身だから、寝室に警護を置く必要はないのかもしれない。

身体が硬直したままのラスティンに、凶王は短く命じた。

「こちらへ」

ラスティンはベッドにおそるおそる近づいた。彼の身体を覆う靄《もや》は濃かったが、ここまで近づくと表情がよく見える。

ベッドは何人も眠れるほど広い。豪華な刺繍を施されたクッションがいくつも重ねられている。

長く続いた戦いはようやく一段落ついていた。凶王がこの居城に戻ってから、まだ二週間しか経っていない。

戦に次ぐ戦だったはずだが、精悍な顔や分厚い身体から疲れは感じられない。祝勝の宴で振る舞われたはずの酒も影響を与えているようには思えない。

凶王はラスティンをベッドに招き入れた後で、試すように見上げてきた。

「さて。……そなたは、どのように俺を喜ばせてくれる？」

その言葉に、ラスティンは自分がされるがままに身体を投げ出しておけばいいのではないのだと悟る。

――どうすればいい？

同室となった踊り子たちを思い出す。自分から積極的に動いてみせたら、男を喜ばせることができるかもしれない。

足がガクガクと震えるのを感じながらも、太腿を開いて凶王の腰をまたいでみる。

普段ならその顔を仰ぎ見ることすら、恐れ多い相手だ。少しでも読み違えたら殺される。

凶王を殺そうとして階上からたたき落とされ、大広間から連れ出された元神官の、床にべったりと残った血の跡を思い出した。

それでも、ラスティンは自分に言い聞かせる。

——やるしか、ない……わ。

ここで引き下がるわけにはいかない。

表情がひどく強ばっているのを感じながら、ラスティンはかつて見た踊り子の仕草を真似てガスタインの手をつかみ、そのひんやりとした指を自分の太腿に押しつけた。

「……っ！」

氷を肌に押し当てたみたいに、身体がすくみ上がる。大広間で頬に触れられたときも思ったが、どうしてガスタイン王の指はこんなにも冷たいのだろう。

——死人みたい。

そんなラスティンの態度を見て、凶王は形のいい唇をほころばせた。

「冷たいか？」

声も冷ややかだったが、心を読まれたようでドキリとした。

その質問にどう答えれば正解になるのかわからずにうなずく。ガスタイン王は冷たい指をラスティンの太腿に這わせた。

「冷たいこの身体が温かくなることがある。人を屠《ほふ》っているときだ」

その言葉の直後に、ガスタイン王がラスティンの太腿を強くつかんで引き寄せた。不意を突かれて、ラスティンは仰向けにひっくり返る。

肩のすぐ横に手をつかれ、下腹部に重みをかけられて、一瞬、息ができなくなった。

「この反応は、生娘か？」

顔を寄せて試すようにささやかれる。どこで見抜かれたのかわからないが、操を散らされたら出血でわかってしまうだろうから、隠しても意味はない。

小さくうなずくと、また頬に凶王の手が伸ばされた。

顔が歪むぐらいに力をこめられ、のぞきこまれる。

「踊り子のくせに、今まで誰にも食われずにきたか。面白い。それが本当か嘘《うそ》か、試してみよう。この身体からは、特別ないい匂いがする。食欲をそそる、不思議な匂いだ。異国のものか？」

——匂い……？

今まで誰からも、匂いについて指摘されたことはなかった。ガスタイン王だけが、ラスティンの身体から感じ取れる匂いがあるというのか。それは、ラスティンだけがガスタイン王の黒い気配を感じ取れるのと同じような何かなのだろうか。

筋肉質の身体に組み敷かれると身動きもままならない。みしりとした重みに息が詰まる。

ラスティンは必死で呼吸を確保しようとのけぞった。どうにか、声を押し出した。

「高貴なかた以外には、奪われまいと決めておりましたから」

「生娘のほうが、価値が高いとでも思っているのか？」

密着した凶王から、ますます冷気が伝わってくる。どれだけ触れていても、その身体は少しも温まらない。

凶王はラスティンの顔から手を離し、無造作に夜着の下にすべりこませてきた。

冷たい手がへそのあたりをなぞり、胸まで這い上がる。剝き出しになったラスティンの胸の片方を包みこまれた。指がとても冷たいからどうしても震え上がってしまう。

だが、ここに来る前にかけた魔法の影響で乳首はピンと尖っている。その尖りをなぞられただけで、大きく全身に痺れが走った。

自分で触れるときや服と擦れたときとは違う、鮮明な生々しい刺激だ。

「……っ！」

小さく息を呑んだ。

冷たさによって、その小さな尖りから広がる甘い感触がことさら強調される。そんなラスティンの反応に、ガスタイン王は気づいたらしい。

「ほお」

ガスタイン王は、興味深そうに目を輝かせた。

「これだけで、感じるのか。俺の指の冷たさに震え上がる者はあったが、こんな顔をした者は初めてだ」

凶王はラスティンの顔に視線を据えて、乳首を指先でなぶってくる。そのたびに身体の芯まで響く快感があって、息を呑まずにはいられない。

きゅっとつまみ上げられ、ねじるようにされて、ラスティンはびくびくと震えた。

そんなふうに乳首をいじりながらも、ガスタイン王のもう片方の手はラスティンの足のつけ根まで移動していく。

そのたくましい身体をこじ入れられていたから、足を閉じることはできない。身につけていたのは、短い丈の夜着一枚だけだ。

彼の目に、ラスティン自身ですらもまともに見たことがないところが露わにされている。

「つぁ！」

無骨な分厚い指先で、足の間の敏感な粘膜を縦になぞられた。その瞬間、ラスティンは弾かれたように、腰を揺らした。

冷たさと同時に、今まで感じたことのない複雑な痺れが腰から広がる。

もう一度確かめるように狭間をなぞられて、声が漏れた。

「つう、……つぁ、あ……っ」

その声はラスティン本人でさえも聞いたことがない甘さを孕《はら》んでいた。

凶王はラスティンの花弁の温かさを味わうように、指をぬるぬると上下に動かしながら笑った。

「もう濡れているのか。生娘だというのは、まことか」

恥じらう余裕すらないほど、指がもたらす快感にラスティンは翻弄されていた。剥き出しの内臓を、直接いじられているようだ。

耳年増だったから、『濡れる』というのがどういうことかは知っている。感じると濡れるらしい。自分の身体が早くもそんな状態になっているなんて信じられないが、腰を満たす感覚を思えばそうなのかもしれない。

必死で、媚《こ》びる言葉を押し出した。

「陛下に……可愛がっていただけると……思っただけで」

『感じる』魔法をかけられていなかったら、身体は凶王への嫌悪を表していたことだろう。だが、その魔法の効果で、ラスティンの身体は憎い男に触れられてもなお快感を覚えていた。その冷たさにさえ感じている。他人に触れられたことのない花弁に、無造作に指を擦りつけられるたびに、疼《うず》くような感覚が生まれる。

「っあ、……んぁ、あ……あ……っ」

声を出したのがよかったのか、花弁を凶王は楽しげにいじってきた。そこのぬくもりを指に移そうとでもするように。

凶王の喉が愉悦にくくっと鳴る。ラスティンの狭間をさらにその太い指先で探った後で手を引き、ベッドの傍らに置かれた香油の瓶を指し示した。

「濡らせ。生娘だというのが本当ならば、俺を受け入れられるように自分でたっぷり奥まで濡らしてみせろ。そうしないと、……ひどく痛いはずだ」

その命令に、ラスティンは震えた。

香油を何に使うのかは知っている。それは肌に艶を出すために塗りこまれるだけではなく、性行為をするためにも利用されていた。濡れないときや、性急に挿入するときには、それを使えばスムーズに受け入れられる。

――自分で、……しろって……。

大きく開かれたままの太腿が震えた。だが、そこに自分で香油を垂らすと考えただけで、腰が重く痺れた。

ラスティンが凶王の命令に逆らうことなど不可能だ。

動けないでいる間に、大きく開かれた足の狭間にとろりとろりと香油がしたたらされた。その感触にも、ラスティンはいちいち息を呑まずにはいられない。

「ふぁ、……っあ……っ」

それが流れきらないうちに、たっぷりと塗りこもうと指がそこまで伸びた。

香油が体温で温められ、足の間から花の芳香が広がる。それを嗅ぎながら、ラスティンはぎごちなく指を動かした。

下生えが指をかすめる。その下の熱い部分を指でなぞる。

「……ッン」

どうして凶王がこんなことをやらせるのかわかっていた。男は女の乱れる姿を見るのが好きなのだ。だから、凶王に気に入られる女になるためには、ここはあえて全てを押し殺してやり抜かなければならない。

香油のせいなのか、ただ触れているだけなのに、じっとしていられないような快感が腰から脳天まで突き抜けた。

感じるところから指をずらしたいのに、花弁はどこに触れても強烈な甘さを生じさせる。びくんびくんと、腰が震えてしまうほどだ。

「っあ……！　……っあ、あ……っ」

凶王の強い視線を、自分の足の間で受け止めた。その視線から逃げようとするかのように、ひくりとそこがうごめく。このいたたまれない状態から逃れたいのに、指先は、さらに気持ちのいいところを探って動く。

指がうごめくたびに、息が詰まるほどの快感が腰を満たした。つらいのに気持ちがよすぎて、この不埒《ふらち》な行為から逃れられない。香油の芳香がより強く漂い、頭がクラクラする。

「っんっぁっ」

ラスティンの指は自分でも驚くくらい複雑に動き、悦楽を掻《か》き立てていく。

特に感じるのは、蜜があふれ出す中央部のあたりだ。体内からあふれ出した蜜が香油と混じり、ぬめりがどんどん増していく。肌が火照り、乳首までもがジンジンと疼いた。

そのとき、花弁の上にある突起に指が触れた。その瞬間、かつてないほどの強烈な刺激が腹の奥まで響いた。

「っああ！」

ビクンと身体が反り返り、きゅうっと内腿に力が入る。手をその位置に添えたまま、ガクガクと腰を突き上げるように揺らさずにはいられなかった。

そんなラスティンを、凶王は楽しげに見つめていた。

「陰核に触れたか」

「……いん……かく……？」

女性器には、すごく感じるところがある。そのことは、踊り子から聞いて知ってはいた。もしかして、今触れたところがそこなのだろうか。

凶王はラスティンの声に宿る無知を読み取ったのだろう。

「知らないのならば、扱いかたを教えてやろう。まずは二つの指で、そこの皮を押し上げろ」

凶王が自分の指で指し示したとおりに、ラスティンは人差し指と中指を開いて、陰核の左右に指を置いた。それから凶王に教えられるがままに、そっとそこの包皮を左右に押し広げる。

小さな肉の突起が外気に剝き出しにされた。おそるおそるのぞきこんだそこは、ひどく淫らな形と色をしていた。

「指はそのままだ。剝き出しにしたそこを、もう片方の指でなぞってみろ。たっぷりと香油をまぶしながらな」

そんなふうに命じられたら、ラスティンは逆らうことはできない。空いていたもう片方の中指にたっぷりと香油をからめて陰核に触れ、そっと円を描くように動かした。

それだけで、何もできないほど頭の中が快感で一杯になる。

「っああ！　……っあ…ぁ…っ！」

剝き出しになったそこは、信じられないほどの快感をラスティンにもたらした。指に力をほとんど入れていないというのに、からめた香油が媒介となって刺激を倍増させ、じっとしていられない。

「んん、……ん……っ」

しかも、ラスティンの身体には感度を上げる魔法がかけられていた。

突起に触れただけで、おかしくなりそうな快感が体内を駆け巡る。

包皮に守られない刺激は生々しすぎたから、せめてそれをめくり上げる指を外したい。だが、許しを乞うように凶王を見上げても、彼の表情は動かない。

ラスティンはその目が命じるままに、陰核に触れた指を動かした。そのたびに、全身に広がっていく快感に、意識が巻きこまれていく。

「っあ、……っんぁ、あ……っ」

花弁の奥から、ますますあふれ出すものが増えた。疼いているそこに指を入れて、掻き回したいような感覚に囚われながらも、さすがに体内にまで指は入れられない。

そのとき、凶王が足の間に指を伸ばした。

「っひぁっ！」

まさに意識していたその場所に、凶王の指が押しこまれた。指は抵抗もなく、ぬるっとラスティンの体内に入りこんでいく。

その冷たさと体内を異物で広げられる感触に、息を呑んだ。

太い指の感触に怯《おび》えてきゅっと身体に力がこもり、余計に指の存在を実感する。

入れた指をゆっくりと抜き出しながら、凶王がラスティンの顔を見据えた。

「たっぷり濡れてきたな。初めてなのに淫らな娘だ。そんなにも陰核を転がすのは気持ちがいいか」

どう答えていいのか、ラスティンはわからない。

剝き上げた指を外せないまま怯えて硬直していると、凶王の指はその陰核をぐりっと押し潰した。

「っひぁああ、……あっ！」

その途端、ラスティンの身体が跳ね上がる。冷たさとともに、強烈な衝撃が身体の芯を直撃する。ラスティンが指にこめた力など、比較にならないほどの強さだ。

「っあっあっあっ！　やめ、……お、おたわむれを……っ」

自分の指の感触とは、まるで違う。皮膚が硬く、指先まで太い強靱な指だ。それが自分の何より敏感で繊細なところを押し潰し、ぐりぐりと容赦なく刺激を送りこんでくる。

痛みに近いほどの快感に、ぎゅうっと全身に力がこもった。腰を引いても、指は外れない。的確にその急所をとらえて、かすかに揺らしてくる。

最初は耐えるだけで精一杯だったのに、指が動くたびにじわりと甘さがにじんだ。

「……っんぁ、……あ……っあ」

ラスティンの身体は、他人の指に陰核をいたぶられる快感を覚え始めていた。

なぶられるたびに、それをどうにか緩和しようとじわじわと蜜があふれる。

「っん、ん、ん……っ」

全ての感覚が、凶王の指の動きに集中する。

どくどくと鳴り響く鼓動の中で、指の動きに合わせて身体に力が入ったり抜けたりした。

凶王の指が、自分があふれさせた蜜で濡れそぼっていくのがわかる。足の指が丸まっている。

「っぁあ、……、あ、あ、あ……っ！」

気づけば小用を足したくなるような切迫した感覚が腰全体に広がり、それが限界まで強

くなった。耐えられない、と思ったそのとき、不意に勝手に大きく腰が跳ね上がった。

「うぁああ！」

気づけば、叫んでいた。何かが身体の中で弾けた感覚があったからだ。強い快感が身体を満たし、その後もその余韻が腰を満たしたままだ。くたくたと全身から力が抜けていく。

——今のは、……何……？

呆然《ぼうぜん》としたまま、ラスティンは息を整えていた。

「達したか」

凶王の声が響く。

——達す……る？

ラスティンはその言葉を、頭の中で繰り返す。

ひどい脱力感があった。大きく開いたままの足の間から、とろりとあふれ出した蜜が尻の狭間まで流れていく。

凶王はラスティンの顔を眺めながら、その足の奥にあらためて手を伸ばしてきた。

「初めてなのに達するとはな。そなたには淫婦の素質がある。達したばかりだと、痛みなく受け入れられると聞いた。試してみるか」

「……ため……す……？」

衣服の前をくつろげた凶王がいざそれを取り出してしごいているのを見れば、どういう意味なのか生娘でもわかる。

何もできないでいる間に、ラスティンの甘く溶けきった花弁に、それが押し当てられた。ずっと冷たかった凶王だが、それだけは熱く感じられた。太腿の内側を固定する凶王の指も、今は不思議と冷たくない。

——凶王の身体が温まるのは、人を屠っているときだけって、言ってたけど……。

女を抱くときも、温まるのだろうか。

冷たい氷のようなものを突っこまれるよりよほどいい。それでも、自分がとんでもない危機にあることを実感せずにはいられない。

自分を貫こうとする凶器から、逃げ出したかった。呼吸が切迫し、ラスティンはぎゅっと目を閉じる。

それでも、何でもすると決めていた。

まぶたの裏に殺された神官たちの面影が浮かび上がった。

不意に、彼女たちを近くに感じた。神官たちは大切にラスティンを育んでくれた。彼女たちに抱きしめられたときのふわふわとした感覚が蘇り、自然と力が抜ける。それを待っていたかのように、凶王のたくましいものがラスティンの身体を引き裂いた。

「っぁあああ、……あ……っ！」

張りつめた怒張が、容赦なくラスティンの中に入ってくる。自然とその圧力から逃れようと腰が動いた。

だが、ラスティンの足は両方とも凶王に抱え上げられている。不安定な状態に置かれており、まともに身体を逃すことができない。

だから、想像したことのない大きく硬いものが、自分の身体を内側から無理やり押し開いていくのを、ただ受け止めるしかなかった。その初めての感触に、ラスティンは耐えかねてかぶりを振る。自然と涙がにじんでいた。

焼け火箸をつっこまれたような激しい痛みがあると聞いていたから、それも覚悟していた。

なのに、痛みは一番狭いところをそれが通過する一瞬だけしかなかった。後は自然とその痛みが和らいでいく。

ずぶずぶと巨大なものが、自分の柔らかな部分を開いて奥まで押しこまれる。それがもたらす強烈な圧迫感のほうに、ラスティンは意識を奪われていた。

「つうぁ、……あ……っ」

まともに呼吸ができない。いくら力を抜いても、その存在感と違和感は軽減しない。息を吐き出すたびに、体内に凶王の大きくて硬いものがあることを思い知らされた。

痛みが思っていたほどではなかったのが、意外だった。

「つはぁ、……は、……は……っ」

それでも苦しくて瞬きをするたびに、涙があふれた。

自分の身体の中に、許容できない異物がある。ジンジンと、中から灼かれていく。

ラスティンは浅い息を繰り返しながら、あえて自分に言い聞かせた。

——長年の復讐がかなって、嬉《うれ》しい。

嬉しい、嬉しい、と自分に言い聞かせる。

それでも、復讐のためとはいえ、殺したいほど憎い男に抱かれるのはつらい。理性ではなく、感情で受け入れられない。

初めてのときぐらい、好きな男に抱かれたかった。だけど、復讐に支配された自分に、好きな男ができるなんてあり得ない。だから、これでいいはずだ。白き神の神殿にいた優しい神官たちは、好きな男と結ばれることなく命を落としたのだから。

「……はぁ、……は、は……っ」

呼吸をするごとに、身体がその硬い大きなものの存在に馴染《なじ》んでいく。

その異物にばかり意識を奪われていたラスティンだったが、どうしてそれが動かずにいるのか、ふと不思議に思った。

大きく足を広げて固定されたまま、ラスティンは視線だけを自分の上にいる男に動かす。

彼はその翠色の宝石みたいな目で、ただじっとラスティンを見ていた。

目が合うと、つぶやかれる。

も。


「温かい」

それが指すのは、ラスティンの体内のことだろうか。それとも、体内にある彼のものか。ラスティンにとっては、それは温かいというよりも、焼けた鉄のように感じられたけれども。

ガスタインは手をラスティンの頬に伸ばし、乱暴になぞった。知らないうちに涙が頬を幾筋も伝っていたが、それを気にすることなく、頬の柔らかさとぬくもりを探るように指を動かされる。

「俺の身体が温かくなるのは、人を屠るときぐらいだと思っていた。……女を抱いて、温かくなったのは、これが初めてだ」

独りごちるようにつぶやき、探るように見つめられた。

ラスティンは浅くしか息ができないながらも緊張した。彼に抱かれることで、自分は何らかの異変をもたらすことができているのだろうか。

自分は王を滅ぼすことができる唯一の者だ。その方法は、身体を使って王に愛されることだと聞いている。もしかして、その効果が何らかの形で表れたのだろうか。

だが、ガスタイン王は不敵な笑みを浮かべた。

「まぁいい。楽しもう」

そんな言葉とともに、ガスタイン王はラスティンの身体深くに含ませたもので、円を描くように襞《ひだ》をなぞった。

「うっ、……あっ！」

少しだけ間を置いたことで、ラスティンが先ほど覚えた違和感はやや薄れていた。動かされたことでその違和感がぶり返したが、新たにそれがもたらす未知の感覚に意識を奪われる。

ゆっくりと中のものを動かしながら、ガスタインはラスティンの胸元に手を伸ばした。

その膨らみの柔らかさを楽しむようにてのひらでもてあそびながら、腰を動かす。彼の指先は先ほどまでのようには冷たくなく、人としての体温が戻っていることにラスティンは驚いた。それよりも、下肢を突き上げる感覚のほうが圧倒的だ。

魔法で感度を上げていたから、ずっと乳首もむず痒く凝っていた。もみ上げられたことでその先端が意識され、感覚が集中したときにつまみ上げられて、じわりと快感が下肢まで響く。軽く転がされただけでも、ぞくっと身震いするような快感が生み出された。

乳首に触れられるたびに、彼のものを締め上げている襞に力がこもる。

「ほお？」

凶王にはその反応が悦かったようだ。乳首を指先でつまみ上げられ、その凝りをほぐすようにくりくりともてあそんだ後で、きゅっと引っ張られる。

体内に巨大な異物を含まされ、それを動かされている最中だ。乳首の刺激に応じて、より襞がガスタイン王のものにからみついた。

それがガスタイン王にも快感を与えたのか、乳首から指は離されず、くにくにとこね回された。

魔法の効果もあって、ラスティンの身体はやたらと敏感だ。

「……っん、……ん、ん……っ」

だんだんと凶王の指の動きは、ラスティンが感じるなぶりかたを覚えていく。左右それぞれの乳首を、絶妙な力加減で刺激された。きゅっとつままれてねじられたり、つまんだまま引っ張られたりされるたびに、ラスティンは凶王に貫かれた腰をびく、びくと跳ね上がらせてしまう。

「っふ、……んぁ、……あ、……あ」

そのたびに、押し広げられた襞からくる感触も、ラスティンをおかしくさせた。

自分の身体の中に、他人の硬い肉の塊がある。それがもたらす快感が全てとなる。それは緩やかに出し入れされて、ラスティンの体内の一番柔らかな部分を掻き回し続けた。

「っはぁ、……は、……は……っ」

さらに凶王は、香油を指に取ってラスティンの双乳に塗りつけた。香油のために指の動きがますますなめらかになって感度も上がる。

ただ指先で乳首を転がされたり、引っ張られたりされているだけで、それが気持ちよくてならない。

身体がますます熱を帯びていく。最初は違和感ばかりに支配されていた下肢も、甘く溶けていく。圧迫感よりも快感のほうが圧倒的だ。

「は、……あ……あ……っ」

あえぎながら視線を上げると、硬く勃ち上がった乳首を指先でぎゅっと押し潰されながら、大きく突き上げられるところだった。

ごつごつした硬いもので柔らかな襞を押し開かれるたびに、息が詰まるほど感じる。

何が何だかわからなくて、ただあえぐことしかできなかった。深くまで押しこまれたときの衝撃と快感だけではなく、抜かれていくときにも肌が粟立《あわだ》つような快感があった。

「……ん、んんん、ん……」

気持ちよすぎて息ができなくなっても、ガスタイン王の腰の動きは止まらない。

それどころかますます腰の動きはなめらかになり、突き上げる速度が増すのだ。

募っていく快感に耐えられなくなったが、えぐられるたびに腰から全身に広がる快感から逃れられない。凶王に操られるがままに、身体を投げ出していることしかできない。

「つぁ、……あ、……あ、あ……っつ」

さらに身体が開いていったのか、一番奥にガスタイン王の先端が当たる感触があった。

そこに当たると、今までとは違う重苦しい快感がじわりと広がる。えぐられた一瞬は息が詰まるほどつらいのに、すぐに蕩《とろ》けるような甘い快感に変わって、身体の力が奪われた。

その硬いもので疼く体内を掻き回されるのがたまらなく気持ちよくて、喉の奥から漏れるあえぎを抑えきれない。

「はぁ、……んぁ、……あ、あ、あ……っ」

これが性行為なのだと、ラスティンはようやく理解した。

世の男女が虜になるほどの快感を、今は嫌というほど思い知らされている。これほどまでに動物的な行為なのに、それに身を任せるのが気持ちよくてならない。

凶王の動きは凶暴なほど激しさを増していった。

彼との行為はおぞましいことでしかないはずなのに、おかしくなりそうな喜悦がラスティンの全身を包みこんだ。凶王の指に乳首をつねられるたびに、その楔《くさび》があるところから身体が溶けてしまいそうな快感が広がる。

「っぁ、……ダメ、……あ、……あ、……あっ」

中がとろとろだった。

気持ちよさが頂点にまで達して、下腹から痙攣《けいれん》が広がる。きゅ、きゅっと凶王を締めつける襞の強さが増した。

「イク、か」

そんなふうに凶王がつぶやき、さらに深く重みのある突き上げを立て続けに受ける。

自分では制御できない快感に、身体ががくがくと震えた。

そのとき、とどめを刺すように凶王が深くまで突き上げた。同時に乳首を痛いぐらいに引っ張られる。

痛みと混じった快感が脳天まで届いたその瞬間、ラスティンは絶頂に達した。

「っン、ぁああああああ！　……っぁ……！」

上体を反り返らせ、形のいい太腿に力をこめ、体内にある凶王のものを何度にもわけて締めつける。

それは精を搾り取ろうとする女の身体の、本能的な動きだ。凶王もさすがにその快感をやり過ごすことはできなかったのか、低いうめきがその唇から漏れた。

「……っ」

その瞬間、何が起きたのか、ラスティンにはわからずにいた。ただ、自分のものとは違う鼓動を、体内で感じ取る。その直後に、熱いものが奥で放たれた気配を察した。

だけど、それが何なのか確かめる術もないほどの悦楽に包まれていた。強すぎる快感が去ってからも、はぁはぁと息を整えるだけで精一杯だ。

そんなラスティンの顔のすぐ脇に腕をつくと、凶王はその足を膝が胸につくほどに曲げて抱え直した。

そして、浅くなった性器を奥深くまで入れ直す。ぬるんとした中の感触は、一段となめらかになっていた。

「まだだ」

凶王のかすれた声が聞こえる。

これ以上感じ続けることに耐えきれず、泣きそうな顔を向ける。淫蕩な目をした凶王が顔を寄せた。

「これで終わりではない。……久しぶりに、一度きりでは終わらせたくない身体に出会った。……それに、……熱い」

――熱い……？　どう……いう……こと？

ラスティンにはよくわからなかったが、まだ終わらないという意味だけは理解できた。拒みたくて襞に力をこめたが、濡れきっていたから深くまで入ろうとする動きを阻むことは不可能だ。

すでに快感をもたらすものとして認識された硬い大きなものが、ぐちゅぐちゅに濡れた部分を押し広げて奥まで押しこまれる。途端に、淫らな熱がラスティンの腰を包みこんだ。

こんなにも濃厚な快感を与え続けられたら、おかしくなってしまう。そんな予感に怯えて身体をひねったラスティンの、疼いて痒くなっている乳首を、凶王はさらに乱暴に指先でねじり上げた。

「ひあ、……あっああ、あ……」

そのタイミングで深くまで入りこまれて、意識が飛びそうなほど感じてしまう。

顔に膝が当たりそうなほど足を抱えこまれ、身体を二つ折りにされている。

真上から激しく突きこまれた。

何かに憑《つ》かれたような凶王の動きは止まらない。

「っあ、……ぁあああ、……あ、あ、あ……っ」

ラスティンは口を閉じることもできず、ただあえぎ声だけをこぼした。口からあふれる唾液を、拭う余力すらない。

こんなにも感じてしまうのは、感度を上げたせいだとわかっている。快感がこんなにつらいものだとは知らなかった。

度を越した快感がそこにはあった。襞がヒクヒクとうごめき続けている。濡れきったそこが、蜜をあふれさせながら淫らに肉楔にからみつく。

「ん、……っ、……もう、……っぁあああ……っ、許して……くださ……い……」

激しくなっていく動きとともに乳首をつまみ上げられ、ラスティンは許しを乞うようにうめいた。

だが、返事の代わりに、パシン、と容赦なく奥まで送りこまれた。

ラスティンの淫らな身体はねだるようにその楔を締めつけ、奥へと引きこむ動きを見せる。

それを感じ取ったのか、凶王は唇を笑みの形に緩めた。

「まだ、だ。この身体も、……足りないと言ってる。初めてだというのに、淫らな娘だ」

そんな言葉とともに、ラスティンの身体はうつ伏せにひっくり返された。

「っひぁ、あ……っ！」

襞がねじれる初めての感触に、ラスティンはうめいた。だが、その快感が薄れもしないうちに背後から腰を抱え上げられ、入れ直される。

初めての角度から突き上げられて、ラスティンは手をベッドの上で握りしめた。

「つうぁあ、……あ、……んぁ、……っんぁ、もう、……はぁ、……ん、ん……っ」

頭ではもう無理だと思っているのに、身体は欲しがるように締めつけるのをやめない。初めての性行為に、身体だけが度を越した快感を紡ぎ続ける。

「っぁあ、……あ……っ」

――おかしく……なる……！

だが、こうなることを、自分は望んだのではなかったか。

意識を失うのも許されない中でひたすら背後から突き上げられ、ラスティンの口からあふれた唾液が、投げ出された手を濡らした。

——何だ……？

何かが、凶王の意識の奥底でうごめいた。

真っ黒に感じる胸の奥。そこで、何かがもぞもぞと動き始める気配があった。

物理的なうごめきではない。胸に触れても、そこには盛り上がった筋肉があるだけだ。

凶王はうっすらと目を開いた。いつも一人で過ごしてきた寝室のベッドの一角に膨らみがある。無意識にその膨らみを払いのけようとして、正体に気づいた。

——踊り子、か。

戯れに寝所に引きこんだ生娘だ。単なる気まぐれに過ぎなかったのに、その踊り子を抱いている最中に彼は奇妙な感覚に気づいた。

——温かかった。……俺の、身体が。

いつのころからか、彼はひどく無感動になっていた。全く心が動かず、怒ったり泣いたりすることなど、長いことなかった。表情はあくまでも表面上のものでしかなく、それすら最近では浮かべることが億劫《おっくう》になっていた。

——人では、……なくなりかけていた。

もはや彼の血をたぎらせることができるのは、人を殺すことしかない。

戦いが始まれば、取り憑かれたように敵を屠った。だが、無残に命を落としていく相手を見ることでますます心が凍りつき、人ではなくなっていく。

血をたぎらせることで熱を感じ、自分が人である証を得たい。そんな思いがあったというのに、これでは本末転倒ではないのか。それでも、喉が渇いた者が海水であっても飲まずにはいられないように、血のたぎりを欲して戦いを続けている。

血を浴びるたびに、悦楽を感じた。敵を大勢、残虐な方法で屠ることに愉悦を覚えた。敵兵たちの怨嗟の声が、濃厚な血の匂いが、彼の中にいるアレを喜ばせる。もはや彼はアレと一心同体であるような感覚さえあった。

――アレに、……支配されつつある。

最初はただ力を借りるだけのつもりだった。だが、アレはそんなにも生やさしい存在ではなかった。取り憑いた彼の身体を、日々我が物にしようとしてくる。もはや自分に、人の心はないのではないかと感じるほどだ。

――何も心は動かない、感じない。

戦いの恐怖にも慣れ、諸侯の裏切りや王臣の反逆に何も思わなくなった。逆らう相手は殺すだけだ。見せしめの意味もこめて、残虐な方法を選んで。

刑が執行されている最中であっても、それを見守る彼の心は少しも波打つことはない。心は完全に死んでしまっている。

自分が凶王とささやかれていることにも気づいていた。

だけど、それでかまわなかった。自分がやっていることは完全におかしい。最初は理念があったはずなのに、途中でそれはかなぐり捨てた。今はただ、餓えたように血を求めずにはいられない。敵を屠る場所を探して、ただ侵略を続けている。

すでに自分はまともではない。

それがわかっているのに修正できない。彼の中に、血を求めてやまない気持ちがあるからだ。アレに操られている。だんだんと理性的でいられる時間が少なくなっているように感じられた。

なのに、そのような暗黒ばかりで占められていた彼の心で、何かがうごめいていた。

目を閉じると、不思議と昔のことを思い出す。父と母に手を引かれ、話しながら城の庭を散歩したときの、陽光の温かさ。見かけた可愛らしい花の色。それを摘んで、母に捧げたときに向けられた笑顔。

何でこんな、忘れていた遠い記憶が蘇るのかわからない。

もしかしたらこの娘のせいだろうか。

彼は、深い眠りの中にあるらしい踊り子を抱き寄せた。その肩に顔を寄せると、その身体はとても温かく、心を甘く溶かすいい匂いがした。その匂いに心の奥底が疼く。ひどく冷えきったつま先を火で炙《あぶ》って温めたとき、痛みとともに疼くのに似ていた。

すでに冷たいという感触にすら、彼は慣れきってしまったけれど。

身体から力が抜けていく。

この娘を抱いていたときに、身体の奥底に熱が宿った。

その熱が心の奥底で、なおもくすぶっている。

――何だろう、この娘は。

ほとんど人ではなくなった彼にとって、人であったときの記憶はひどく甘い。

蘇った父母の記憶に、泣きたくなるほどに心が震えた。

だけど涙は流れない。

泣くことすら、ずっと忘れていたからだ。


朝方近くまで、抱かれ続けたのではないだろうか。

体力の限界まで続けられた行為の途中から、ラスティンの記憶はない。

翌朝、目が覚めたときには、ラスティンはガスタイン王のベッドにいた。王はいなかったので二度寝しようかと思案していると、侍女がやってきた。

ガウンを羽織らされ、後宮内の別の部屋に案内された。

「この部屋で、今日からお過ごしください」

ラスティンは室内を見回した。

ガスタイン王の部屋に比べたら当然見劣りがしたが、女性好みの調度が置かれた落ち着いた室内だ。

ベッドのある部屋と、続きの部屋、専用の浴室もあった。

「お召し替えを。それとも……その前に湯浴みを？」

尋ねられて、ラスティンは弾かれたように侍女を見た。

「こんな時間に湯浴みができるの？」

侍女は思わぬ質問を受けたように、口元をほころばせた。

「もちろんでございます。ご用意いたします」

入浴は贅沢な行為だ。昨夜入浴したのに朝も入浴するなんて、今までのラスティンの生活ではあり得ない。だが、全身がベタベタしていて違和感があった。その贅沢が許されるのなら、身体を綺麗に洗っておきたい。

しばらくして準備ができたと知らされ、ラスティンは湯が張られた浴槽に身を沈めた。

その気持ちよさに思わず息が漏れたが、頭はボーッとしたままだ。

全身に、凶王に抱かれた痕跡が残っている。破瓜《はか》を迎えた足の奥が今さらながらにズキズキと痛んだ。

――何か……すごかったわ。

身体の中に他人のものが入ってくるという衝撃と、それがもたらした強烈な快感を思い出しただけで、ラスティンはぞくっと震えてしまう。

またあんなことをするのだろうか。

――嫌だけど。もうしたくないけど。……だけど、絶対に耐えられないほどでもないかも。

目を閉じると、間近で見たガスタイン王の端整な顔立ちが浮かび上がる。

あの冷ややかな表情が、情事のときには色気したたるものに変わった。全身に彼に触れられた感触が残っている。

腕の力も、指の力も強かった。つかまれたときのかすかな痣が、肌に残っている。

凶王の気配を流しきれないまま湯浴みを終えた後は、少し熱が出てきたので、ベッドでゆっくり休むことにした。そこに朝食が運ばれ、菓子や飲み物などもテーブルに置かれる。

――至れりつくせりだわ。これなら、すぐに追い出されない？

抱かれた後は放り出されることも覚悟していた。だが、もしかしたらこれは、凶王の愛妾としての接遇ではないだろうか。

ラスティンは潜りこんだベッドから、寝室内を見回した。

何人でも眠れる、大きくてふかふかなベッドだ。いつ王が訪れてもいいような。

救護院では藁《わら》のベッドだった。ベッドの形に木を組んで、その上に藁をこんもりと積み上げる。藁がチクチクしないように、シーツをかぶせて押し潰す。

床に直接藁を敷かないのは、冬場はひどく冷えこむからだ。

だが、ここのベッドに藁は使われていないようだ。贅沢に綿がたっぷり詰めこまれたマットはみっしりとした感触で、その上にふんわりとした肌触りのいい毛布を何枚も敷き詰めている。こんなベッドだったら、いつまででも眠れそうだ。

今までの疲れが出たのか、それとも初めての性行為の影響が残っていたのか、気づけば食事も口にしないまま、ぐっすりと眠りこんでいた。

再び目覚めたとき、窓の向こうに日が沈んでいくのを見て、ラスティンは驚いて飛び起きた。

――え？　今、夕方……？

眠りすぎたのか、頭が少しぼうっとする。だが、じわじわと空腹が染みてきた。

――ええと。

朝食の支度がされていたはずだ。だが、すでにそれらは下げられ、お菓子も片付けられてしまっている。

――ええっ……。下げなくてもいいのに。

「あの……！　誰か！」

ベッドから降りて室内をさまよい、大きく声を上げてみたが、人の気配はない。ベルなども置かれていなかった。

ラスティンが着ていた寝間着は、膝下までの丈のものだ。簡素だったが、救護院で着ていたものとは比較にならない清潔さで、肌触りも段違いの上質な品だ。その上に、ベッドの横に準備されていた白のガウンをまとう。

だが、靴は見つけられなかった。冬が来るにはまだ間があったが、巨大な石造りの後宮の床は、裸足では震え上がるほど冷たい。ガウンの前を掻きあわせて、絨毯が敷かれているところを選んで歩く。

室内には誰もいなかったので、我慢して廊下に出た。

「あの……！　そのね！」

何人か、侍女を見かけて声をかけてみた。だが、皆、ラスティンのことをチラッと見るだけで、無視して通り過ぎていく。この部屋付きの侍女とは職域が違うのだろうか。

それが何度か続いたので、ラスティンは自分がとんでもない不調法でもしているような気分になった。

後宮には後宮の決まりがある。ラスティンはその決まりを全く知らない。だが、お腹はますます空いていくばかりだ。どうしてこんなにも空腹で目が回りそうなのかと考えて、凶王の前で踊りを披露する前から何も食べていないことに気づいた。

——朝食べたきりだから、……丸一日以上……？

ラスティンは透明な人間にでもなった気分で、ふらふらと後宮の廊下を歩いていく。

足の冷たさは、次第に感じられなくなった。それでも時折、ひんやりと感じられる石があった。それに気を取られながら、あんなにも冷たい凶王は、自分の身体をどう感じているのかと考えてみた。

――身体が冷たいから、心まで冷たくなるのかしら。

食べ物が見つけられなかったら、自分の部屋に引き返そうと思っていた。

後宮の廊下の角をいくつか曲がり、中庭の彫刻に見とれていたときに、不意にぞくっと不穏な気配を感じ取った。

その直感に従って視線を動かしていくと、後宮の裏側のほうに何かが見えた。ラスティンは吸い寄せられたように回廊の窓に近づき、その方向を眺めた。

黒っぽい、どこかまがまがしさを感じさせる建物があった。最初は黒く見えたのだが、実際に黒いのではないと気づく。その建物に黒い靄がかかっているように見えるだけだ。ガスタイン王に会ったときに、その身体が黒い靄で覆われて見えたように。

――色は、……本当は、白だわ。

白い大理石の荘厳なたたずまいなのに、不安にさせられる建物だ。

ただそれを見ているだけで全身がざわめく。ふつふつと産毛が逆立っていくような、おぞましい気配があった。その気配を断ち切りたくて、ラスティンは口の中で小さく呪文を唱える。

——え？

そのことに、自分で驚いた。

白き神の神殿で教わった呪文など、長いこと忘れていた。今のは、悪い気配を断ち切り、これ以上悪いことが起こりませんように、という呪文だ。

それが蘇ったのは、おぞましい気配を感じ取って無意識に警戒が高まったせいだろうか。

そういえば昨夜、白き神の神殿にいたときの夢を見たような気がする。

——どんな……夢だったっけ。

暮れていく空の下で、おぞましい建物の輪郭がだんだんと薄れていくのを眺めていると、背後から声をかけられた。

「——どうした？」

ラスティンは弾かれたように振り返った。

皮肉げな響きを持つ、よく通る声だ。侍従を何人も従えた凶王が、廊下の向こうから近づいてくるところだった。

その堂々とした押し出しと迫力に、ラスティンは怯んだ。ひざまずこうとしたとき、自分がガウン姿なのに気づいて焦った。

部屋をふらりと出てきたままだ。王の前に出るにはふさわしくない上に、髪すらくしけずっていない。それに素顔だ。自分はとんでもなくみっともない姿を、王の前でさらしているのではないだろうか。

それでも慌てて床に膝をつこうとしたら、それは不要だというように軽く顎をしゃくられた。

「こんなところで、どうかしたか？」

発せられただけで周囲の空気がぴりりと張りつめるほど、その声には力があった。

凶王は公務を終えた後なのか、堂々とした体軀に金銀の装飾のついた紫の長衣をまとっていた。肩に流したマントが床まで届いている。その存在感と威圧感は際立っていた。

「その、……あの建物は何かと思いまして」

凶王はチラリとそちらの方向を見て答えた。

「あれか。俺の私的な礼拝所だ」

「礼拝所？」

「ああ。神の加護と――この国の安寧《あんねい》を祈る場所」

彼の声はひどく皮肉げに響く。そんなことなど、凶王自身でも信じてはいないように。

――国の安寧？

憑かれたように戦を続ける凶王と、国の安寧を祈るという言葉がまるでそぐわない。

よっぽどギョッとした顔をしたからか、ガスタイン王は口元をわずかにほころばせた。

冷徹で極悪な王と思いきや、こんな表情を見せることに、ラスティンは目を惹きつけられた。そのアンバランスさに立ちすくんでいたら、目の前まで近づかれた。顔のすぐ横に手をつかれる。

ラスティンは小柄というわけではないが、ガスタイン王の長身は際立っていた。こうやって身体を近づけられただけで、その圧迫感に身動きできなくなる。

「俺が国の安寧を願うのは、おかしいか？」

凶王の顔から、先ほどの笑みは完全に掻き消えていた。腹を立てたのかと思いきや、何かにすがろうとするような切実な目を見せる。そのめまぐるしい表情の変化の理由が、ラスティンにはわからない。

ガスタイン王は少し苦しそうに目を細め、それからラスティンの顔のそばについた手を離した。

「俺の中に二人の自分がいる。殺戮《さつりく》を好む自分と、安寧を望む自分が」

──どういう……こと？

だがそのとき、ラスティンの肉体の限界がきた。静まり返った中で、腹の音が盛大に響く。ガスタインはしげしげとラスティンを眺めた。

「腹が減っているのか？」

「……その、……ずっと寝てしまっていたのです。……準備していただいたんですが、起きたら下げられていて、それで」

王の視線はそのまま、ラスティンの足元に落ちた。裸足なのを咎められている気がして、ラスティンは身の置き場がなくなった。

「靴も……見つけられなくて」

「食事につきあえ」

まさか、凶王に食事に誘われるとは思わなかった。考えてみれば、そろそろ夕食どきだ。食事の場に向かうガスタイン王に、たまたま出くわしてしまったというわけか。

そのまま凶王は背を向けてしまったので、その後を追っていいものかどうか悩んでいると、彼が侍従に命じたのが聞こえた。

「靴も、与えてやれ」

凶王は振り返らずに歩きだす。自分についてくる以外の選択肢があるなどとは思っていないのだろう、その足取りには迷いがない。

王の一行から侍従が一人出てきて、ラスティンの前で靴を脱いだ。

それを履いて凶王を追え、ということらしい。

羊毛フェルトでできた上等な靴に、ラスティンはためらいながらも足を入れた。ふんわりと温かい。その侍従は裸足のまま列から離れてどこかに走っていく。ラスティンの靴を調達するつもりなのかもしれない。

靴はラスティンには少し大きかったが、歩くには支障はない。新しくて清潔だった。王に接する者は身だしなみにも気を遣うのだろう。

ラスティンは王の一行を追った。王の食事につきあうというのに、こんなガウン姿でいいのだろうか。ガスタイン王はラスティンの衣装など全く気にかけてはいないようだが。

角を曲がると、ガスタイン王が足を止めていた。

——え。

ラスティンがその列の途中まで早足で追いついた途端にガスタイン王は歩きだしたから、やっぱり待っていてくれたのだろう。その厚遇に、ラスティンの鼓動が跳ね上がる。侍従たちが場所を譲ってくれたので、ラスティンは凶王のすぐ後を歩いた。

フェルトの靴を履いてからは、石の冷たさにもすくみ上がらずに済んだ。

あんなにも冷たい指や身体をしているくせに、ガスタイン王はラスティンの身体を配慮してくれる。それが不思議だった。

——二人の自分がいると言ったわ。殺戮を好む自分と、安寧を望む自分がいるって。

ガスタイン王には、ラスティンが思っていた凶王像とは違う面もあるのかもしれない。だが、二人の自分とはどういう意味なのかわからない。

何も話しかけられないまましばらく回廊を歩き、食堂に到着した。

昨日通された凶王の私室と同じように、室内は贅のかぎりがつくされている。それでもここは公的な場ではなく、あくまでもプライベートな場のようだ。

壁には食べ物を描いた大きな絵画が飾られ、贅沢にあかりが灯されたシャンデリアが頭上に光り輝いていた。部屋の中央に長細い大きなテーブルが一つ置かれていた。

テーブルに置かれた食器や椅子は一組だけだ。だが、侍従が急いでもう一つ椅子を運んできた。

凶王のために準備されていた席から、だいぶ離れたところにその椅子を置こうとする。だが、許可を得るように凶王に顔を向けると、凶王は軽く首を振った。

彼らは凶王の仕草に従って、どう振る舞うべきか訓練されているようだ。どっしりとした重そうな椅子を、侍従はテーブルの真ん中あたりまで移動させる。椅子を下ろす前に、またチラッと凶王を見た。

その場所ではないことを凶王の表情のどこかから察したのか、結局、椅子は王の席にかなり近い位置に置かれた。

椅子の位置が決まるなり、別の者によって食器やカトラリーが並べられていく。

立ち止まっていた凶王は自分の椅子へと向かおうとして、そこでふっと気づいたようにラスティンに手を差し出した。

――え？　え？　え……？

たっぷり数秒固まってから、ラスティンはどうやらこの手は、エスコートするためのものだと気づいた。だが、九歳のときに神殿から逃げ出して救護院で育ったラスティンはこういうときのマナーを知らず、エスコートにどう応じていいのかわからない。

ひたすら固まっていると、凶王がふっと笑った。

「そなたは、どこの生まれだ？」

山出しの猿かと揶揄《やゆ》するようでありながらも、その眼差しからはいたわりも感じられた。

ここで下手な受け答えをしたら、ラスティンの正体が暴かれかねない。ラスティンはこういうときに備えて、あらかじめ準備してあった答えを口にした。

「ここから五日離れたセゲリッタの救護院で育ちました。十九のときから、旅芸人の一座に」

救護院は、ガスタインの施政下になって初めて作られた施設だと聞いた。セゲリッタの土地はひどく痩せていて、農地は荒れる一方だった。

幾度となくひどい飢饉が起きたらしく、郊外の墓地には餓死した人々の集団墓地もあった。

「セゲリッタか」

「救護院には、いつでも陛下からの御下賜品《ごかしひん》が積まれておりました。あそこは、とても痩せた土地で。男手もなくて」

救護院には定期的に食べ物が届いた。セゲリッタではほとんど農作物が育たないため、貧しい者ばかりではなく、土地を持っている者でさえも食べ物を求めてやってきた。

男手を戦争に取られていなければ、開墾するとか、川の底をさらって肥料にするなど、どうにかなったかもしれない。

だが、救護院にすがるのは正しい民のありかたではない。土地を耕し、そこから収穫したもので暮らせばいい。凶王が戦いをやめれば、男たちは農地へと戻ってくる。男手があれば、収穫は豊かになる。

そんな思いがあった。

ラスティンの声に潜んだ批難に、ガスタイン王は気づいただろうか。

エスコートはやめたようでそのまま歩を進め、どっかりと椅子に座ってから言ってきた。

「我が国の土地は、ひどく痩せた。いにしえとは違う新しい農法が、二代前の王の時代から始まったからだ。それは大麦、クローバー、小麦、カブを順番に育てていく方法だ。カブによって家畜が育てられ、クローバーと家畜の糞《ふん》はよい肥料となった。畑を休ませる必要がなくなり、収穫量が増えたために、人口が爆発的に増えた」

「人口が」

「だが、その農法は土の栄養を次第に奪っていった。クローバーと糞の肥料では足りぬほどに、年々土から栄養が失われる。だから、俺は強制的に土地を休ませることを命じた」

――土地を休ませる？　しかも、強制的に……？

その言葉に、ラスティンは驚いて息を呑んだ。

セゲリッタの救護院では、土地を休ませてはいなかった。王の直領地ではなかったために、命令が行き届いていなかったのだろうか。それとも、休ませる余裕がなかったのか。作物をひたすら育て続けていた。

だが、頑張って肥料を施しても、それ以上に栄養が奪われていたというのは本当なのかもしれない。ろくな収穫は得られなかった。その肥料を集めるのも男手がないから大変で、人手を集められたとき以外はせいぜい森の朽ち葉を集めるぐらいだった。

土地が痩せきっていたのはセゲリッタにかぎらず、このラヌレギア王国の土地全てだったのだろうか。

——そんな、……はずは。

確かに他の都市の救護院でも、王からの御下賜品を示した木箱が山積みになっていたのを見た。畑に作物が実っていないところも、よく見た。

あれは男手を兵として取られてしまったために畑を十分に耕せなかったのではなく、強制的に休耕させられていたからだというのか。

当惑に、ラスティンの眼差しが揺れる。

畑を管理していた年かさの男の絶望を、ラスティンはよく知っている。

育てれば育てるほど、土地は痩せていく。何をしても痩せていく。

彼はそうぼやいていた。そして、言った。

『かつてこの地は豊かだったという。だが、この地は呪われた。何をしても、豊かな恵みは訪れない。いずれ、ひどい飢饉が起きる。先代の王の時代にも、飢饉があった。大勢の人々が死んだ。もう、あんなものは見たくない。食べられるものは、何でも食べた。虫も、……木の皮も。……幼い子供も』

だが、ガスタイン王が戦いを始めてからは、食べ物が配られるようになった。どんなに土地から食べ物が得られなくても、民は死ぬことはなかった。

それでも、ガスタインの言葉に納得できず、逆らうのは怖いと思いながらも、ラスティンは訴えずにはいられない。

「畑を休ませたら、少しも作物が穫れません。休ませるだけの余裕が、民には――」

「その間の食べ物は与えている。だが、たかだか数年休ませたところで、無駄だった。期待するほどの収穫は、その後も得られることはなかった。もはやどうにもならないほどに、我が国の土地は痩せ細っている」

結局意味のない休耕を強いたことで、人々を救護院に依存させることになったということだろうか。男手があれば少しはマシだったかもしれないのに。

救護院によって民が餓死することは食い止められている。

だがそれでも戦争によって人々は死んでいる。どちらがマシだかわかったものではない。

――凶王のせいよ。凶王が、……戦争ばかりしているから……！

その元凶が、土地が痩せていてダメだと吐き捨てたことに、ラスティンは強い怒りを覚えた。

話をしている最中にも、二人のテーブルには飲み物が運ばれ、料理もふんだんに運ばれてきた。空腹でたまらなかったが、それでもラスティンには凶王に訴えたいことがあった。凶王に逆らうことは、死を意味する。この独裁者が、どれだけひどい悪政を布いてきたのかも知っている。

それでも、我慢ならなかった。義憤で涙がにじむ。テーブルの上に並べられた美味しそうな料理が、余計に怒りを呼び起こす。

このような贅沢なものを毎日食べているから、凶王は餓えのことなど知らないのだ。

そんなふうに思っていたから、王の放った言葉に驚いた。

「民が餓えて死なぬために、その方法をひたすら考えている」

ラスティンはとまどった。

国中が餓え、街路に死者があふれていたときに、ガスタイン王は王位についたそうだ。

戴冠式を華々しく行うこともなく、ガスタイン王がまず行ったのは救護院の設置だった。

速やかに国の備蓄食糧が配られたので、人々はこの若き王の即位を大歓迎したそうだ。

九歳のラスティンが身寄りもない都市でのたれ死にしなかったのは、できたばかりの救護院に行ったからだ。

ラスティンにとって、教護院があるのは当たり前のことだった。だが、踊り子として他の国を旅していたときに、それが驚くべき貧民救済措置だったことを知った。他の国には、そのようなものはない。

餓えても、救護院に駆けこめば食べ物が与えられる。病気で死にそうになっても、救護院に行けば最低限の医療が施される。

だが、そのようなことができるのは、ラヌレギア王国が戦争を続けているからだ。血塗られた手で敵国から富を収奪したからこそ、この国の安寧が保たれている。

「このラヌレギア王国にいれば、餓えることはない。そなたもここにいれば、餓えずに過ごせる」

そんなふうに、凶王は言った。救護院でもよく聞いた言葉だ。

戦争がやむことはない。ガスタイン王がその玉座にいるかぎり。だから戦いを止めたかったら、この男を殺すしかないのだ。

救護院などというのは、凶王による人気稼ぎの施策だ。戦争さえやんだら男手が戻り、畑から豊かな恵みがもたらされる。

そんなふうに信じていたというのに、そうではないというのか。

ラスティンの胸に疑問が紛れこんだ。

この国の土地が、この国の民を養うのに足りるだけの食べ物を生み出すことができないとしたら、いったいどうすればいいというのだろうか。

ガスタインによって一つの答えは得られていたが、敵国から武力によって富を収奪し続ける方法など受け入れられない。

動揺させる話などいらない。

どこまで本当なのか、わからない。

国を正しい方向に導く施策を知りたいと切望しながらも、ラスティンはその疑問を振り払った。ラスティンは白き神の神官に言われたとおり、ガスタイン王を殺して復讐を遂げ、戦争をやめさせる。そのために生きてきたのだ。

ラスティンは必死で声を押し出した。

どうにか、引きつった笑みも浮かべてみせる。

「はい。全ては陛下のおかげです」

声はかすれて、上擦った。

下手な演技をするラスティンを、ガスタイン王はその感情が読めない目で、じっと見つめていた。

三章

王と夕食をともにしたためか、翌朝からラスティンの扱いは格段に変わっていた。部屋に控える侍女の数が倍に増え、起きるなり洗顔や着替え、朝食の支度などが、遅滞なく進められていく。

「これは、どういうことなの？」

不思議に思って、着替えの最中に侍女に尋ねてみた。その侍女は一瞬とまどった後に、にっこりと笑った。

「陛下が褥《しとね》をともにした女性を後宮にとどめ置くなんて、一度もなかったことですから」

「え？」

「しかも、一緒に夕食をとられるなんて」

どうやらガスタイン王はラスティンに特別な厚遇を与えているようだが、どうして気に入られたのか、考えてみてもわからない。

生娘だったからだろうか。それとも、身体に魔法をかけて自分でもたじろぐほどに感じた姿を見せたからか。

侍女によると凶王は独身であり、王妃を娶《めと》る予定もないようだ。近隣国から和平のための縁談話はひっきりなしに持ちかけられているようだが、ガスタイン王はそれらをことごとく断っている。今は異民族相手の戦争に集中しているが、いつその矛先が自国に向けられるかと気が気ではないのだろう。

一夜かぎりの相手を寝所に引きずりこむことはあるものの、決まった愛妾は今までいないそうだ。

――頑張らないと。……お気に入りの愛妾にならないと。

ラスティンは自分に言い聞かせる。相手が愚鈍なら上手に媚びを売り、猫を被るつもりでいたのだが、ガスタイン王のあの鋭い目の前では、何も通用しない気もする。

――殺してやりたい、復讐したいのよ……！

ラスティンは後宮に来る前からずっと、自分の意識を占めていた決意を蘇らせる。

『民が餓えて死なぬために、その方法をひたすら考えている』

だが、ガスタイン王の言葉を聞いてから、ほんの少しの揺らぎが混じった。ガスタイン王はラスティンの大切な神官たちを殺したし、男手を取られて作物は穫れなくなり、戦争によって人々の血が流され続けていることに変わりはないのに。

ラスティンはもう一度決意を心に刻みこんだ。

だけど、自分の殺気をどこまで隠すことができているのだろうか。もしかしたら、ガスタイン王は何もかも承知で、ラスティンを手元に置いているのかもしれない。

――不死身だから。……命を狙われることも、ちょっとしたお遊びぐらいにしか思っていないのかも。

不敵に輝く瞳や、不穏な笑み。

ガスタイン王は心が読めず、ひどく恐ろしい相手だ。なのに、不思議なほどその表情が心に灼きつく。その施政も、とらえどころがない。

――戦争をずっと続けているくせに、救護院は作るの。民を餓えさせないようにしてやってはいるの。人気取りのためもあるだろうけど、民を餓えさせないのはきっと、兵を安定して補給し続けるためだわ……！

民が疲弊しきったら、さすがに戦争は続けられない。

早く白き神の神殿に行きたい。そこに、神官長が自分に託したものが隠されているはずだ。そう思うといてもたってもいられなくなって、ラスティンはその日、侍女たちの目を盗んで回廊に出た。

――ええと、……たぶん、こっちの方向。

遠い記憶を探る。九歳までのものだからおぼろげではあったが、後宮の裏手の庭に白き神の神殿があったはずだ。

そこがある日、王の兵に囲まれ、焼き討ちされた。

元神官の踊り子は、たまたまお使いで神殿を離れていたから助かったと言っていた。そうでなかったら死んでいただろう。彼女が教えてくれたところによると、あの日、神殿にいた者たちはやはりラスティン以外全て殺されたらしい。黒く焼けた骸が引き出され、郊外の墓地に山積みにされた光景を見たと、彼女は語っていた。

——許せないわ……。

神官長が言い残した言葉を思い出す。

『ここに……！　この石の下に、……隠しておきますから……！　いつかこれを……！』

それは神殿の一番奥まったところだ。神官たちが逃げこんだ部屋のある床石を、神官長は指し示した。そこに何を隠したのかは知らない。火がすでに回っていて騒然としていたため、全てを聞き取ることはできなかった。

——だけど、何か大切なものが、隠されているはずなのよ。

ラスティンにはそれを入手するという使命がある。それを見たら、凶王を殺すために自分がしなければならないこともわかるし、長年抱えてきた疑問も解けるかもしれない。

石造りの神殿だったから完全に焼け落ちることはないはずだ。その跡が、どこまで残されているのかわからないが。

この後宮に入ってからというもの、ラスティンは自分を呼ぶ声を感じ取っていた。呼んでいるのは、白き神の神殿に残された何かか。

ラスティンが巫女になったのは、白き神に選ばれたからだと聞いている。白き神の御使いの白い海鳥が、先代の巫女の死後に幼いラスティンの肩に止まったそうだ。

呼ぶ声はだんだん強くなる。

何かが自分に使命を果たさせようとしているように感じてならない。だったら、その求めに応じてやるまでだ。

後宮の回廊から裏手の庭に続く道に出ようとしたが、そこには兵が二人、見張りに立っていた。彼らは庭を向いており、外敵が後宮に入りこまないようにしているようだ。

そこに兵がいたら、ラスティンは外には出られない。

――どうしたら。

考えながら、ラスティンは空を見上げた。そこには、白い鳥が一羽、悠然と舞っていた。

それは、かつてラスティンを巫女として選んだ、白き神の御使いだ。

この国では、海岸に行けばいくらでも見られる鳥だ。だが、海から少し離れたこの付近にいるのは珍しい。ただ、神殿を逃げ出してからも、海から離れている場所であってもその姿を見ることがあった。まるでラスティンを見守っているかのように感じられて、少し心強くなったものだ。

――御使いよ、力を貸して……！

そんなふうに、心で伝えてみる。白い海鳥は神殿の装飾にモチーフとして多くあしらわれていたし、何羽か飼われてもいた。

神殿にいた海鳥は大きくて、九歳のラスティンには少しおっかなく思えていた。その鳥と、ときどき頭上に舞う鳥が同じ鳥なのかどうかは区別がつかないが、何かとその姿を見ていたものだから、親しみを覚えている。

かつて御使いと心が通じたことはなかった。だが、今は不思議と心がつながっているような気がする。

不意にバサバサという鳥のやかましい羽音が響き渡った。

「うわっ！　何だ、この鳥……！」

「うぁあああ！」

叫び声が聞こえたので回廊の窓からのぞきこむと、見張りの兵を白い鳥が襲っているところだった。

兵たちが槍《やり》を突き上げると、鳥は高く舞い上がって逃げる。これは御使いがくれたチャンスだと思って、ラスティンは急いで彼らの目につかないところから裏庭に出た。

彼らに見つからないところまで走る。

このラヌレギア王国では、三柱の神があがめられている。

――太陽の神は、天下《あまくだ》って人の身に宿った。それが、王の一族と聞いているわ。

白き神は、豊穣の神。

禍つ神は人々に厄災をもたらす神であるが、厄災をもたらすからこそ、祀っておとなしくしてもらう必要があるとされていた。禍つ神に力を与えるのは人々のよくない感情であり、それを浄化するための儀式がかつては禍つ神の神殿で定期的に行われていたそうだ。

——白き神の神殿は滅ぼされた。太陽の神の神殿は王城そのもの。……禍つ神の神殿は、どうなったの？

それはまだわからない。兵に見つからないように、ラスティンは木々に身を隠しながらどんどん庭を進んでいった。

今はここを歩く人はいないらしい。下草が生え、ツタがからんで、行く手を遮る。うっそうとして暗い木々の間を、ラスティンは藪《やぶ》をこぐようにして進んでいく。

進むべき方向はわかっていた。

御使いの鳥が、ラスティンを先導するように空に現れたからだ。

その鳥はある方向に飛び、梢《こずえ》に止まってラスティンが追いつくのを待つ。

それだけを頼りに深い森のような後宮の庭を歩いていくと、不意に視界が開けた。少し離れた木々の向こうに、崩れた尖塔が見えた。

「……っ！」

ラスティンは息を呑んだ。

──ここだわ……！

その塔の形に見覚えがあった。見る影もないほどに廃墟《はいきょ》と化していたが、間違いない。ここが白き神殿があった場所だ。

石で造られた神殿は、壁だけはしっかりと残っていた。天井は落ちていて、アーチが崩れたところも多い。床の石材が剝き出しになり、緑による浸食が進んでいた。

──あれから、十五年よ。

それでもエントランスに立ったとき、ラスティンは過去の記憶が鮮明に蘇ってくるのを感じた。懐かしさに目が潤んでくる。

──ここから、……入っていたのよね、いつも。

住まいはこの裏手にあった。神官たちの愛情に包まれて、ラスティンは健やかに成長していった。毎日、この神殿にやってきて神への祈りを捧げた。ラスティンは長い時間ここで過ごし、巫女としての教えを授けられた。

ラスティンは崩れた門をくぐって中へ入っていく。

この先に壁で囲まれた中庭があって、中門へと続く回廊もあったはずだ。白き神の御使いである海鳥がモチーフとして施された列柱が一部残っており、その懐かしい造形を見ただけで、ラスティンは胸が締めつけられるのを感じた。

ここに柔らかく光が降り注いでいた光景が蘇る。

ラスティンの手を引いてくれた、年若い神官のてのひらの感触を懐かしく思い出す。彼女たちに抱きしめられたときの柔らかな感触や、いい匂いが蘇った。

涙があふれるほど懐かしいのに、彼女たちはもういない。

みんな、死んでしまった。唯一生き残っていた元神官の踊り子も、ラスティンをガスタイン王に差し出すために命を落とした。

歩くだけで涙があふれる。

泣くつもりはないのに、涙が止まらない。

あそこはラスティンがつまずいた場所だ。転んで泣くラスティンの血のにじんだ足を手当してくれたときの、神官たちの手のぬくもりを思い出す。

堰《せき》を切ったように記憶の奔流は止まらず、ラスティンはすすり泣いていた。

とめどなく泣いてしまいそうな自分を立て直すためにも、ラスティンは神官長に教えられた言葉を口の中で唱え始めた。

「白き神と太陽の神が、世界を守護しておられる。太陽の神は毎晩、太陽の馬車に乗って冥界を駆け抜ける。朝になると、太陽の神が乗られた馬車が東の空に現れる」

それが日の入りと、日の出についての伝承だ。

太陽の神が冥界を通過している間、この世界は闇で包まれる。

白き神は、太陽の神ほどの力を持たない。だが、太陽の神が留守をしている夜の間、月の青白い光で世界を照らして人々を守る。

「太陽の神は冥界を駆け抜けるときに、毎晩、禍つ神に通行を妨げられる。禍つ神はもともと空に輝く神だった。だけど、その役割を奪われたから、太陽の神をとても憎んでいるんだわ。禍つ神には冥界が預けられたものの、地上をうらやんで、毎晩、その通行を邪魔せずにはいられない」

これが、この国の三柱の神の関係だ。神官長は幼いラスティンに語りながら、神殿の壁を飾るフレスコ画を指し示したものだった。

その絵は、今はどうなっているのだろう。でこぼこになった石段や煉瓦《れんが》に足を取られないように注意しながら、ラスティンはさらに歩を進める。

フレスコ画は壁に塗った漆喰《しっくい》が乾かないうちに、水溶性の絵の具で描く。風雨や日光に長い時間さらされても、薄くなることはない。壁があるかぎりしっかりと丈夫に残っている。

ラスティンは壁にからまるツタを掻き分けて、目の前に現れたフレスコ画を眺めた。

太陽の神と白き神の姿がそこにあった。二柱の神の顔までは描かれておらず、太陽の神は男性の形をしていて、輝かしい衣装をまとっている。対する白き神は、女性の姿だ。

次の部屋では、太陽の神が馬車に乗って冥界を駆け抜けていく姿が、勇壮な筆致で描かれているのを見つけることができた。

その絵画がラスティンの過去の記憶を鮮明に蘇らせる。

ここで幸せに暮らしていた。優しかった神官たち一人一人の笑顔が思い浮かぶ。もう彼女たちはこの世にいない。

一人残されたことを思うと鼻の奥がツーンとして、涙がこぼれ落ちる。

――この暮らしを、凶王は奪った。……あの男に、奪われた……。どうして？　王は太陽の神のはずなのに……。

ふらついて、立っていられない。ラスティンは自然と床に膝をつき、片手で顔を覆った。涙を服の袖で拭う。

『ラスティン。ラスティン』

彼女たちが楽しげに自分を呼ぶ声が、遠くで聞こえたような気がした。呼ばれると、ラスティンは子犬のように駆けていった。

ラスティンが巫女として選ばれたのはとても幼いころだったから、実の両親の記憶はない。親代わりとなった神官たちが、ふんだんに愛を注いでくれた。

あるのはふわふわとして、白い光に包まれた優しい記憶ばかりだ。

ここを出た後の生活が殺伐としていてひとときも気を抜けなかっただけに、優しくされた記憶はラスティンの宝物となり、復讐心とともに大切に心の内側に抱えこんでいた。

ラスティンを弱くするのはつらい記憶ではなく、幸せな記憶だ。神官たちに大切に抱かれたときの、胸のぬくもり。

あふれ出した涙は、止まらなかった。床に膝をついたまま、ラスティンは呆然と空を見上げる。

ようやく、ここに戻ってきた。

自分は復讐を成し遂げる。

ここで無残に殺されていった、自分の大切な人たちのために。

彼女たちが命がけで自分に託した、白き神の巫女としての役割を果たしたかった。


その翌日。

ラスティンはまた凶王の寝所に呼ばれた。

行きたくない、という気持ちを懸命に抑えてラスティンは湯浴みをし、愛妾らしい淫らな衣装を身にまとう。

白き神殿を見つけることはできたものの、崩壊が進んでいて、神官長がラスティンに託したものの隠し場所を探し当てることはできなかった。

——見つけるわ、絶対……！

藪こぎをしたからか、全身に小さな傷ができていた。湯浴みのときに、それらに湯が染みてヒリヒリと痛む。その傷をガスタイン王に見つけられて、不審に思われないか心配だ。

肌に香油を塗りこんだ侍女はその傷には気づかなかったようで、特に何も言われることなく身支度を調え、ガスタイン王の寝所まで送り届けられる。

ガウンを脱がされ、前回のように二人きりになった。すると、広いベッドの中でゆったりと身を横たえていた凶王が尋ねてきた。

「身体は、支障ないか」

そんないたわるような言葉をかけられたことに驚いた。凶王は血も涙もないと思いこんでいたからだ。

「はい。……大丈夫でございます」

ラスティンはとまどいながらも、手招きをされてベッドへと近づく。

今日の夜着はひどく薄く、服の上からでもツンと勃った乳首が透けて見えた。こんなものを身につけるぐらいなら裸のほうがマシだと思ったぐらいだ。

今日もすでに魔法を発動させ感度を上げてある。そうしないと、ひどく感じた前回とのバランスが取れないし、あれだけ乱れたことで凶王に気に入られたかもしれないからだ。

敏感になった身体は、凶王の視線を感じるだけでうずうずと甘く溶け始めていた。

「上がれ」

凶王がラスティンを呼び寄せる。ベッドに上がり、膝立ちで凶王のそばまで移動していたときに言われた。

「そなたと寝た後、……幼いころのことを思い出した。両親の夢を見たのだ」

こんな男に、両親がいたことに驚いた。いないはずはないのだが、それくらい冷血漢だと思いこんでいた。

「陛下のご両親は、どんなかただったのですか」

その心に寄り添ったと思われたくて、計算とともに尋ねてみる。

ガスタイン王はその太くたくましい腕でラスティンを抱き寄せ、自分の上に身を重ねるように密着させた。

「……っ」

墓場の棺の上に横たえられたような冷たさに、ラスティンはぶるっと震える。

こんな冷たい身体で生きていることが不思議だ。

「我が父はいつでも、民のことを思っていた。施政者の最大の仕事は、民を餓えさせないことだとよく語っていた」

――民を餓えさせない。

ガスタインの言葉が蘇る。

民が餓えて死なぬために、その方法をひたすら考えていると言った。

その言葉は親の受け売りであり、その方針でガスタインは救護院を作ったのだろうか。だとしたら、父の教えの中に、戦争をしない、というのを入れて欲しかった。

――したとしても、続けない、とか。最低限にとどめる、とか。

そんなふうに心の中で反発していたのを読み取られたのか、ラスティンの背に腕を這わせながら、ガスタインはからかうように目を細めた。

「どうした？　もの言いたげだな」

「いいえ。何も」

何を言っても、この独裁者が聞き入れるとは思えない。逆らった王臣は殺されて、城壁に首をさらされると聞いている。だけど問題なのは、そんな物騒な王でも、目を細めた表情がとても魅力的だということだ。

憎い相手だとわかっているのに、目が吸い寄せられる。

「ご両親は、どうなりましたの？」

ガスタインの表情が、ふっと暗くなった。

「殺された」

「え」

――誰に？　あなたに？

そんな質問がすぐに浮かんだが、さすがに口には出せない。

「反乱が起きたときのことを、よく覚えている。王である祖父が亡くなったときのことだ。その息子である父と、父の兄との折り合いは、前々から悪かった。祖父が息を引き取ったその夜、兵が大勢、俺と両親が住んでいた王城の一角を取り囲んだ」

国が安定しているときには長男が次の王に選ばれるが、そうではないときには、実力によって次の王が選ばれる。そんな王位継承の仕組みを聞いたことがあった。

「ぼんくらと言われていた兄と、俺の父である弟とでは、父のほうがずっと賢く、資質もあると言われていた。だから、祖父の遺言状が公開されるよりも前に、兄は兵を挙げた。ぼんくらだったわりに、そのような企みは得意だったようだな」

ガスタイン王が自分に過去を話してくれることに、ラスティンは内心で驚いていた。たかだか一度、肌を重ねただけの関係でしかないというのに。

だが、自らの内臓を引きずり出して見せようとするかのような、露悪的な気配を感じ取る。ガスタインの目はよくない遊びに興じている子供のごとく、ろくでもない光を浮かべていた。

「我らが住む一角を、大勢の兵が取り囲み、母がその気配に気づいて俺を隠し戸に押しこんだ直後に、兵がなだれこんできた。俺はその隠し戸の中で、両親が殺される一部始終をただ聞いているしかなかった」

とんでもない修羅場を、ガスタインは笑みを浮かべて語る。目は輝き、唇は愉悦の形に歪んでいた。両親が殺されたことを悲しんでいるというより、楽しんでいるようにさえ見えた。

そのくせ、声は震えていた。ラスティンは彼から二面性を——これを楽しんでいる彼と、悲しんでいる彼を感じずにはいられない。

「俺が押しこまれた場所は、どこかに抜ける通路ではなく、単にしばらく隠れてやり過ごすだけの場所だった。兵たちは俺も殺せという命令を受けていたようで、その行方を懸命に探した後で、見つからないとみると、強制的に両親から聞き出そうとした。父の兄である伯父がやってくると、肉親とは思えないようなむごいことをした。まずは父の前で、俺の行方を言わないと母を殺すと脅し、母が殺されても父が口を開かずにいると、父の指を一本一本落とし、皮を剝いだ」

「……っ」

凄惨な光景が思い描けて、ラスティンの呼吸は浅くなる。

今は血も涙もない男であっても、当時は情があったのではないのか。自分の大切な人たちが殺されていく姿を、ラスティンは逃げたから直接は見ていない。だが、ガスタイン王はそれを突きつけられたのだ。

心が潰れそうだったのだろうか。それとも、今のように笑みを浮かべていたのか。

「俺はそこから飛び出して、母を、……父を、伯父から救おうとした。だが、その隠し戸は一定の時間が経過しなければ開かない仕組みになっていたようだ。父のうめきが完全に途切れ、伯父や兵がいなくなってからも、俺は当分出ていくことができなかった。石の戸を破ろうとしたために、爪は剝がれ、ボロボロになっていた」

ガスタインの顔からは、表情が完全に抜け落ちていた。

彼にとって全ては過ぎ去った出来事であり今さら心を動かすことではない、ということなのかと最初は思った。

だが、不意にガスタインの顔が歪み、片方の瞳から涙が一筋流れた。

ガスタインは自分の頬を伝った涙を感じ取ったらしく、不思議そうに頬に手を伸ばした。自分の指が濡れているのを、ただじっと眺めている。

そんな仕草に、ラスティンの心が動いた。彼の心の中には悲しみも、死者に対する愛情も残っているのかもしれない。

両親の夢を見たと言っていた。それがどういう意味なのか知りたくなって、尋ねてみる。

「ご両親は、陛下を愛してらしたのですね。……命がけで守ろうとするほど」

ガスタインは心を震わせる何かを必死でつなぎ止めようとするかのように、目を閉じた。端整な眉が、苦悩の形に寄っている。

「隠し戸から出たとき、父と母の首から下の身体だけが、血みどろで床に残されていた。室内の調度品は全て略奪されていた。その身体を見ても両親だとは思えなかった。両親が

死んだのを実感したのは、その首が城壁にさらされているのを見たときだ」

ガスタインが再び目を開いたとき、その片方の目には涙がいっぱいに浮いていて、瞬きに合わせてそこから透明な涙がボロボロとこぼれ落ちる。だが、もう片方の目は、冷たく乾ききっていた。

その左右非対象な表情を見ながら、ラスティンは自問せずにはいられない。

——何なの？　これは？

ひどく目が惹きつけられるのは、涙を流しているほうの目だ。当時流せなかった涙を、今流しているように思えた。

その姿が、神官たちを殺されて、ボロボロになって町をさまよったかつての自分の姿と重なった。

当時、欲しかったのは誰かのぬくもりだ。抱きしめられて、大丈夫だと言われたかった。その願いを今のガスタインに施さずにはいられなくなって、ラスティンはその頭を掻き抱き、顔を寄せた。

「そのとき、……陛下は何歳でしたの？」

「十五歳」

ガスタインはラスティンの手を振りほどこうとはせず、じっとしている。

微妙な年齢だ。大人でもなく、子供でもない。両親のさらし首を見て、少年はどれだけの悲嘆と怒りに震えたのだろう。

きつくガスタインの頭を抱いていると、言われた。

「冷たいな。……そなたの指も」

言われて初めて、ラスティンは自分の指がひどく冷たく、しかも小刻みに震えていることに気がついた。

遠い記憶を呼び起こそうとしているかのような表情を、ガスタインはしていた。

王の心が何に動かされているのか知りたい。

「人は心に痛みを負うと、指が冷たくなるのです」

「そう……だな。そなたは俺の話に、痛みを感じたのか？」

そんなふうに尋ねられて、ラスティンはぐっと詰まった。

血も涙もないはずの王がこんなふうに過去の話をして、その話にこんなにも自分が衝撃を覚えるとは思わなかった。

そのことに驚きつつも、ラスティンは自分の心を探ってみる。

――私は、……陛下の話に、……同情してる？

そうかもしれない。王に人の心のようなものがあることに驚き、両親がガスタインをこよなく愛していたことを知った。自分が殺そうとしている憎い男を、命がけで守った人がいた。

「両親を殺した伯父を殺して、俺は王位についた」

そんな言葉とともに、ラスティンの身体は抱き寄せられて組み敷かれる。

冷たい身体の重みが、全身にのしかかってくる。こんな話をした後で、ガスタインはラスティンを抱くのだろうか。前回は緊張で一杯だったが、今はそれよりもガスタインの心のありようのほうに意識を奪われている。

ぎゅっと抱きしめて、その心を慰めてあげたいような気持ちがこみ上げてきて、ラスティンは戸惑った。

——何だろう、この人。……この感じ。

ただ憎いだけの、殺したい相手だ。

なのに、ガスタイン王はラスティンの心を突き崩そうとしてくる。

ラスティンの頬に触れてくる指先が、ひどくぬくもりを求めているように感じられるのは、気のせいなのだろうか。

——ただ、身体を求められているだけではないみたい。

答えが見つからないまま、ラスティンはガスタインの背に両手を回した。腕に力をこめて抱きしめると、彼はしばらくしてから顔を上げた。

じっと見つめられる。

彼を殺したいという決意を覆い隠すほど、その唇に惹きつけられた。

ラスティンはその頬に手を伸ばし、恋い焦がれているように自分から唇を重ねた。

どうしてこんなことをしたのかわからない。ただ彼を慰めたかった。冷徹非道な顔の奥に眠っている、幼子のような心に寄り添い、温めたいような気持ちになっていた。

心の奥からこみ上げてきた衝動に、ただ突き動かされていた。

「——っ」

凶王の唇はとてもひんやりとしていた。だけど、その冷たさの奥に、人の心が残っているのではないか、と期待してしまう。

もっといろんな話をして欲しい。

凶王がどうしてこんな存在になったのか。自分に理解させて欲しい。そんな願いとともに、舌をその口の中に潜りこませる。

冷えきった口腔を温めるには、そのほうが効率的だと思っただけだ。だが、ガスタイン王の冷たい舌と生温かい舌がからんだ瞬間、ぞくっとした生々しい痺れが下肢から広がった。

ガスタイン王の重みをかけられながら、顎をつかまれて固定される。

「あ、……ふ……っ」

動けなくされて、口腔をくまなくむさぼられる。

舌と舌とのぬるついた触れ合いが生み出す感覚に、頭の中が真っ白になった。

舌の表面のざらつきを擦りあわせていると唾液が湧き上がり、それが混じりあう。唾液を飲み干され、すすられることに、何の違和感も覚えなかった。

自分が自分ではなくなったような感覚がどこかにある。ガスタイン王の身体が冷たすぎて逃れたいのに、同時に強く抱きしめて温めてあげたいと願う自分がいる。どちらが本当の願いなのか、ラスティン自身にもわからなくなっていた。

「ふ、……あ、……ん、ん、ん……」

舌をからめられるたびに、舌の根や口腔の内側から甘ったるい感覚が広がっていく。凶王の身体を挟みこむ形で開いた足の奥が、ジンジンと疼き始めていた。

彼をより芯から温めるには、抱かれることだ。たった一回の経験しかなかったが、ラスティンは本能的にそのことを理解していた。

身体が、彼に抱かれようと暴走を始めている。

深いキスを終えて、ガスタイン王が唇を離した。唾液が二人の間で長く糸を引く。ガスタイン王は赤い炎が燃えているような瞳で、ラスティンを見据えた。

「そなたは、……不思議だ。一緒にいるだけで何かがざわつく。遠い昔のことを思い出す」

――ざわつく。

それはどんな感覚なのだろうか。

同じようにラスティンも、ガスタイン王に心を奪われずにはいられない。ただ殺したい相手だと思っていた。だが、自分にはもっと他に役割があるのではないだろうか。

そんな思いが強くこみ上げ、それをたしなめるためにも彼と身体を重ねずにはいられなくなる。

キスを交わしただけなのに、感度を上げた身体が抱かれたくて疼いている。

欲望に駆られたのはガスタイン王も同じらしく、ラスティンの膝の裏側に手を回して、大きく足を開かせた。

ラスティンにとっては、屈辱的な格好だ。それでも気にならないどころか、指で開かれて外気にさらされた花弁が疼く。その中が燃えさかるように熱かった。とろとろと、蜜があふれだす。

「濡れてるな」

凶王の強い視線を粘膜で直接感じ取り、そこがひくりとうごめいた。体内に容赦なく太いものをくわえこまされたときの体感が蘇り、早くそうされたくて襞がきゅっと収縮する。その動きによって、蜜が押し出された。

「……は……っ」

見られているだけなのに、太腿が緊張に震えてしまう。

凶王はラスティンのそこを開いたまま、もう片方の手の中指で躊躇《ちゅうちょ》なく体内を貫いた。

「っぁあ!」

指が挿入された生々しさだけではなく、ぐるりと中をなぞられた快感が続けざまに弾ける。指はラスティンの体温よりも冷たく感じられるだけに、その存在感は強烈だ。

指がもたらす快感にうめくと、凶王が指で中を探りながら言った。

「痛みはないようだな。……おといは生娘だったのに、ここに早くくわえこみたくてひくついている」

凶王が指摘したように、痛みはまるでなかった。処女を失ったときの痛みには個人差があると聞いていたが、ラスティンは軽いようだ。そのことがひどく恥ずかしかったが、その反面、喜びでもあった。

——またすぐ、陛下とできる……!

そんなふうに考えてしまった自分を恥じる心も頭の片隅にあったが、ゆっくりと指を抜き差しされている最中には、もっとその刺激が欲しいとしか思えない。

我慢できなくなって、ラスティンはかすれる声でせがんでみた。

「……早く、……陛下の、……お情けを」

男に可愛がられるためには、うんと感じたふりをして女からねだったほうがいいと、踊り子たちからは聞いていた。だけど、演技をする必要もないぐらい、身体が渇望してしまう。

前回、味わわされたのと同じ悦楽が欲しくて、喉がひくりと鳴った。

「そんなにも、入れて欲しいのか」

その言葉に煽《あお》られて、体内にある指を締めつけた。

自分から膝を抱えこむようにしながら、ラスティンは唇を動かした。

「はい。……陛下のものを」

その言葉にくっと笑って、凶王はそのたくましい凶器を取り出した。

たっぷりあふれていた愛液をまとわせるように、腰を動かされる。それだけで腰砕けになる。ラスティンの力が抜けきったタイミングを狙って、その太くたくましいものが一気に突き立てられた。

「っあ！　……っあああ、……あ……あ……っ」

いくら覚悟していても、あまりの大きさに腰が逃げそうだ。

だが、その腰を引き戻され、容赦なく身体の奥までねじこまれる。

「うっ……」

凶王のものは信じられないほど長くて大きかった。どれだけ濡れていようとも、圧迫感に息が押し出される。

それにすごく硬い。身体の中に異物があることを意識せずにはいられない。

——だけど、熱い…わ……。

そのことにラスティンは気づいて、まぶたを押し開けた。

抱かれる前までは冷たく感じられた凶王の身体だが、今はそれほどでもない。入ってくる楔は火傷しそうに熱い。それが不可解だった。

だけど次の瞬間、感じるところを強烈に体内からえぐられて、快感に意識が飛びそうになった。

「……んぁああ！　……あっ、あぁっ…っ」

ごつごつとした大きなものが、身体の内側の柔らかなところを容赦なく擦り上げる。ただ入れられているだけでも、たまらない存在感があった。精一杯力を抜いて受け入れようとしているのに、それぐらいではどうにもならないほどの大きさだ。

だが、その大きさにどうにか耐えることができたのは、それだけもたらされる快感がすごかったからだ。感じるところに擦りつけられるたびに、びくんと身体が跳ね上がる。

感度を上げた身体は、その行為にたまらない悦びを感じ取っていた。

「ン……っ」

何度目かの突き上げで、ずしん、という衝動とともに、それが奥の奥まで届いたのがわかった。

ラスティンは浅く息をつきながら、ガスタインを見上げる。隙間なくつながっていた。

自分の中にあるガスタインの脈動すら、伝わってくるほどだ。

「……きもち……い……っ」

うわごとのように口走っていた。

凶王はラスティンと視線を合わせると、膝の上に手を移動させてゆっくりと動き始めた。

「っひぁ！　……っんぁ、……あ、あ、あ……っ！」

入れられるたびに、ラスティンはひくんと震える。たかだか一日空けただけだったが、これはこんなにも気持ちよかっただろうか。

押しこまれるたびに、中をこじ開けられる快感の強さに、腰が抜けそうになる。

その快感の跳ね上がりはとどまるところを知らず、ラスティンは十回も突きこまれないうちに腰を震わせて達していた。

「っんぁ！　……あ、あ、あ……っ！」

身体が硬直し、無意識に動かした腰がざわりとその硬い楔で擦られて、より快感を増す。ギチギチに凶王のものを締めつけていた。小刻みに腰が揺れることによって悦楽が膨れ上がり、そのためになかなか絶頂感が収まらない。

「ふぁ、……あ、あ、あ……」

口を開きっぱなしのまま、ラスティンは慌ただしく息をしながらどうにか脱力した。そんなラスティンを、凶王が楽しげに見ている。

「もう達したのか。とんでもない淫乱だ」

その言葉から嘲りを感じ取って、胸がじくりと痛んだ。彼は自分を傷つけようとしている。それでも、こんなことで傷つきたくなくて、ラスティンはあえて笑ってみせた。

「陛下の……きもち……よす……ぎて……っんぁああ！　……ぁあ、ああ……っ」

その言葉に煽られたのか、言い終わるよりも先に、凶王が本格的に動き始めた。

達したばかりで、まだ身体が落ち着いていない。そんな状態だったから、敏感な襞を大きなものでえぐられる快感が強烈に響く。

「っひぁっ！　……ぁあああ……っ！」

深くまで叩《たた》きこまれるたびに、ぞくんと腰が跳ね上がった。一回一回達しているのではないかと思えるほど痙攣が収まらず、渾身《こんしん》の力で締めつけてしまう。

その淫らな襞の動きは、ラスティンだけではなく凶王にも快感を与えていたらしい。

かすれた声で、ささやかれた。

「そなたの中は、ひどく熱くて、……締まりがいい」

まだ情事に慣れない狭道を、その張り出した先端でこじ開けられていくときの抵抗感も、からみつく肉の熱さも、凶王にはたまらないのかもしれない。それは同時に、ラスティンにも快感を与えることになる。

「光栄……です、……陛下」

自分の身体にむごいほどの大きさのものを押しこまれている。なのに、それはラスティンに痛みを与えない。ガスタインに与えられる刺激が、片っ端から脳髄を溶かすほどの悦楽へと変化していった。身体は絶え間なく蜜をあふれさせ、もっととせがむようにガスタインのものにからみつく。

「やたらとひくついているな」

そんなふうに言われた後で、凶王は襞から一気に引き抜いた。中に何もない状態が物足りないと感じる前に、返す動きで根元まで埋めこんでくる。

「っん！　……っん！　……っん……っ！」

ひと突きごとに、その衝動がラスティンの内臓を押し上げた。

苦しさもあったが、そこまで深くされているのが気持ちよくてならない。抜ける寸前まで引き抜かれ、押しこまれるときの切っ先の鋭さも悦かった。

襞がその先端の形に押し開かれ、凹凸のある形で不規則にえぐられていくときの喜悦に、ラスティンは呑まれていく。

「んは、……っは、……っあ、あ、あ……」

自分の体内に埋めこまれることが、ここまでの悦楽を与えるとは知らなかった。身体の一番柔らかな部分をえぐりたてられる喜悦が、全身にジンジンと響く。

大きな動きをたっぷりと繰り返した後で、凶王は抜き差しをやめ、押しこんだままぐるりと腰を揺らした。

「つぐ！　……ん、ん、ん！」

内臓が圧迫される感覚が強くなり、身体の内側から湧き上がった未知の快感に、ラスティンの太腿に力がこもった。苦しいのに、気持ちがいい。ガスタインの腰に自分から足をからめて、少しだけ上にずり上がろうとあがいた。だが、すぐに引き戻される。

「……深い……ッン、……そこ……っ」

深い位置——狭道のその奥を切っ先で圧迫されると、ひくっと身体が震えて、腰がズンと重くなる。そこまで貫かれるのはどこか怖くもあったが、それ以上に全身の毛穴が開くような感覚があった。

そこを小突かれるたびに中の感覚がさらに増し、太腿全体に力がこもる。

「あ、あ、あ……」

そこも悦かったが、もっと全体も刺激して欲しい。それを全身で伝えながらあえぐと、そのおねだりに応えたように凶王はラスティンの膝の後ろをつかみ直し、一段と高く足を上げさせた。

身体が折り曲げられ、尻が完全に宙に浮く。そうした後で、ガスタイン王は何かから解き放たれたように、容赦なく腰を使ってきた。

「っあ！　……あっ！　あっ！」

張りつめた先端が柔らかな襞を強烈に押し開き、ラスティンの奥の奥まで一気に突き刺さる。

「っうあ！」

その激しさに、悲鳴のような声が上がった。この格好だと動きやすいのか、入ってくるものの勢いに容赦がない。何度も何度も串刺しにされ、そのたびに双乳が揺れた。それが目を惹いたのか、ガスタイン王はそこに手を伸ばしてきた。

身体が丸められているためにひしゃげた形になっていた胸を乱暴につかまれ、指先で乳首を探られる。そこで疼いていた乳首を強くつまみ上げられた瞬間、ぞくんと身体の芯まで甘い刺激が貫いた。

「ッン！」

中をえぐられるのとは違う、もっと純粋でわかりやすい快感だ。

なおも乳首の凝りから指先が離されないまま、ぐりぐりと転がされ、ますます募っていく悦楽に、腰が揺れた。

「っあ、……っあ、あ……っ」

それとともに、下肢にもガツガツと打ちこまれる。

乳首からのものと、凶王によって叩きこまれる下肢への肉杭の愉悦とが混じりあって、ますますラスティンの身体は悦楽に染まっていく。

「っん、……っふ、う……っ」

ガスタイン王のものを受け入れている深い部分から、だんだんと全身に広がっていく重苦しいような悦楽があった。気持ちよさに勝手に腰が動いてしまう。太腿の痙攣が止まらない。そんなラスティンの乳首を、ピンピンと指先でいじられる。

自分がどんな状態にあるのか、ラスティンは理解していた。

――また、イッちゃう……！

イクというのがどんなものなのか、抱かれたのはまだ二度目にもかかわらず、すでに理解していた。勝手にびくびくっと腰が跳ね上がり、何かが弾けるような感覚をもたらす。

「あ、……っへい、か……」

訴えるようにつぶやいて、ラスティンは凶王の動きに身を任せた。

身体の奥までえぐり上げられ、乳首をいじられて、一気にその絶頂まで駆け上がる。

「……っぁあああ、……あああ……！」

ラスティンは凶王のものを深々と呑みこんだまま、それを何度も搾り上げようとガクガクと腰を揺らした。気が遠くなるような絶頂を味わう。その後で、力が抜けていった。

「また達したのか」

凶王の声を聞きながら、ラスティンは涙のにじんだ目を押し開けた。

激しすぎる快感の大きな波は去ってはいたが、まだ余韻が下肢に残っている。

いまだに体内にある大きなものを、ひくりひくりと締めつけずにはいられない。そのたびに、痺れるような快感が広がって、なかなか熱が冷めない。

そんなラスティンを、凶王が楽しげに眺めていた。

「淫らな女だな」

そんな言葉とともに、身体から引き抜かれた。ガスタイン王も、ラスティンの体内で放って満足したらしい。

淫ら、と言われたことに、胸が潰れそうな痛みを覚えた。自分はそんな女ではない。白き神の、誇り高き巫女なのだ。だからこそ、優しい神官たちに大切にしてもらった。だけど、これでいい。ガスタイン王を殺すために、あえて感じやすいようにしてもらったのだから。

――それに、女をそんなふうに感じさせることで、……男は、虚栄心を満足させる。

それでも、じわりと涙があふれる。

どうして自分が泣いているのか、わからない。ただ、身体だけが暴走して心が置き去りにされているような感覚もあった。

そんなラスティンをガスタインは不思議そうに眺め、仰向けに横たわっているラスティンの目元にそっと指先を伸ばした。ラスティンの涙を拭うように、指を動かす。濡れた指先を眺め、ぺろりと舐めてから尋ねた。

「どうして……泣く？」

その仕草が、ガスタイン王が先ほど見せた表情と重なった。

片方だけ涙を流していた、あのときの――。

残虐非道な王のくせに、どこか彼が人の心を一部分だけ残しているように思えた。そんな彼にひどく惹かれているのを感じながら、ラスティンは口にする。

「わかり……ませ……ん。……だけど、……陛下が」

「俺が？」

――可哀想で。

何故そんなふうに感じたのかわからない。

だけど、ガスタイン王を見ていると圧倒的な孤独を感じる。それはひどく寒い夜に、空腹でガチガチ震えながら、膝を抱えて丸くなっていた過去の体感をラスティンに呼び起こさせた。

ガスタインの身体がとても冷たいことからの連想かもしれない。だけど、冷たさは、わびしさと悲しさにつながる。

誰にも理解されず、真っ暗な場所に一人でぽつんといる彼の姿が思い浮かぶ。広大な暗がりに押し潰されそうになっている、後ろ姿が。

「……愛おしくて」

唇は勝手に、そんな言葉を紡いだ。

どうしてそんなふうに言ったのか、ラスティンにはわからない。

殺したいほど憎い男のはずだ。だけど、ガスタイン王に追従するために、あえて選んだ言葉ではない。するっと、そんな言葉が唇からこぼれ落ちた。

ガスタイン王はラスティンの言葉に、不思議そうに瞬いた。

「愛おしい……？」

小さくつぶやき、それがどんな感覚だったのか思い出そうとするかのように遠くを見る。

だけど、何も思い出せなかったのかもしれない。

すうっと、顔から表情が抜けていった。


——くたくたで、……ボロボロだわ……。

悦楽も度を超すと、ひどく疲弊する。

凶王は三日にあげずラスティンを呼び、正気を保つことができないほどに抱いた。

こんなにも感じるのは、魔法で感度を上げすぎたためだとわかっている。だけど、そんな状態になったラスティンの身体だからこそ、凶王は気に入っているのではないかと思うと、感度を上げるのをやめることはできない。

抱かれるたびに、ラスティンの身体は快楽を覚えていく。

無垢《むく》だった身体が淫らなものへと変化していくのを、ラスティンはまじまじと実感していた。凶王のものを入れられただけで達してしまいそうになるし、乳首だけいじられて達することも覚えさせられた。さらには陰核を執拗《しつよう》なほどにいじられることもあって、そこからの快感もとことん覚えさせられた。

寝所に呼ばれぬ夜には、身体が疼いてなかなか寝つけないほどだ。

だが、性欲に駆られてということ以外にも、凶王に切実に求められているような気がしていた。自分を抱くことによって、何かを呼び覚まそうとしているような。

凶王に抱かれるたびに、ラスティンも胸が騒ぐような感覚を呼び起こされるから、拒むことができない。

それに、ラスティンが凶王からの誘いを断れないことには、もう一つ理由もあった。

後宮の侍女は、王城での噂をどこからか仕入れてくる。それによれば、凶王が新しい戦争を仕掛けず王都から離れなくなった理由は、どうやらお気に入りの愛妾にある、という噂が流れているそうだ。

愛妾を抱くことに忙しく、戦のことは後回しにしている、と。

――私のせいで、戦争が止まっている？

まさか、自分にそこまでの力があるはずがない。

だが、戦争を止める一助になっているのだとしたら、余計にガスタイン王の興味を我が身に引きつけておかなければならない気持ちになった。

お気に入りの愛妾になったことで、ラスティンに対する侍女たちの丁重さは一段と増した。ドレスを仕立てられ、宮廷での礼儀作法を一通り覚えさせられる。

ラスティンはその合間に、侍女たちの目を盗んで後宮の庭に抜け出すことを続けていた。

もちろん向かうのは、白き神の神殿の廃墟だ。

かつて清浄に保たれていた神殿は、もはや見る影もなかった。

それでも、奥のほうにはまだ建物が崩れずに残っていた。

ここで文字を習い、礼拝の仕方を習い、儀式についても学んだ。この場所にいるとその遠い記憶が呼び起こされ、何かを思い出せるような気もしてくる。

特にラスティンが探していたのは、ここが焼き討ちされた日に皆が逃げこんだ一番奥の部屋だった。

神殿の奥までは、幼いラスティンは入ることはなかった。巫女として教えを授かっていたのはもっと手前の部屋で、奥には入らないように言われていたからだ。だけど、あの日だけは皆でそこに逃げた。ひどい混乱だったため、あの部屋へどうやって入ったのか、ラスティンにはよくわからない。

——それに、壁や天井も落ちてる。

この分では、もしその場所に行けたとしても、神官長がラスティンに託した何かは、長年の浸食によってボロボロになっているのではないだろうか。

それでもラスティンが、他の人々に知られる危険を冒してまでここに足を運んでいるのは、どうしてもそれを見つけ出さなければならないからだ。

それに、ここにいるとすごく心が落ち着いた。

ここで神官たちに育まれ、愛されていたときの記憶が細かい部分まで蘇る。昨日の出来事のように涙がとめどなくあふれ、胸が苦しくなるのと同時に、巫女であった自分の誇りを取り戻せる気がした。

そんな中で、ふと思い出したことがある。

それは、ある場所で、腰ぐらいの高さの柱が残っているのを見つけたときだ。天井まであった柱が崩れてその高さになったのではなく、もともとその高さのようだ。

視線を落とすと、剝き出しになった土の上に草に紛れて砕けた壺《つぼ》の破片が散乱していた。何よりラスティンの目を惹いたのは、同じ場所に落ちていた紙片に封印の印が施されていたことだ。その紙は長年風雨にさらされても、形を保っていた。

——壺に封印。……ということは、何かがこの壺に封印されていた……？

このあたりは、神殿の奥のエリアとなる。ラスティンが入ることを許されていなかった場所だ。だが、そういえば神殿が焼き討ちされる前に、何か騒ぎがあった記憶がある。

——あれは、……皆が殺される、少し前のことだわ。ガスタイン王の前の王、つまり彼の祖父が崩御《ほうぎょ》されて、……反乱が起きたあのとき。

ガスタイン王が語った『両親が殺されたとき』の記憶は、ラスティンにも少し残っている。大勢の兵士が走り回り、殺気立って恐ろしい雰囲気だった。ラスティンは決して神殿から出ないように神官たちに言われ、ぐっと抱きしめられてその夜を過ごした。

ラスティンを抱きしめた若い神官の身体も、小刻みに震えていた。

あの夜、白き神の神殿に侵入した者がいる、と騒ぎになっていたのではなかったか。その侵入者は何かの封印を破ったらしい。その封印破りはとんでもないことだったらしく、神官たちがひどく狼狽《ろうばい》して騒ぎ立てていた。長い時間、深刻そうな話し合いが続き、その後で、白き神への礼拝が何日もの間ぶっ通しで続いた。

——もしかして、これが、……その封印……？

十五年も経ってようやくその答えが与えられた気がして、ラスティンは屈みこんだ。散乱したその壺の破片を探しては、地面に並べていく。

その破片の一つにオオワシの絵が描かれているのに気づいたとき、ラスティンはざわりと首筋の毛が逆立つような不安を覚えた。

——オオワシは禍つ神の化身だわ。封印されていたのは、もしかして……？

今さらながらにあのときの騒ぎの理由に思い当たって、背筋が冷たくなる。

封印から解き放たれたのは禍つ神なのだろうか。

太陽の神を冥界に足止めして、厄災をもたらす神。この国に起きている厄災は、禍つ神が解き放たれたからなのか。

禍つ神が封印から解き放たれたというのなら、あのときの騒ぎも理解できる。神官たちは、この世が終わるとばかりに嘆き悲しんでいた。白き神の神殿が焼き討ちされたときも、こうなるのはわかっていたとつぶやいた神官がいたはずだ。

——解き放たれた禍つ神は、その後、どうなったの……？

どくどくと鼓動が鳴り響く。

ひたすら続く戦乱。

豊かな実りをもたらさなくなった畑。

ガスタイン王にひれ伏し、食べ物を乞うだけの人々。

これらは全て、禍つ神の仕業なのだろうか。

混乱しながら、答えを探してラスティンは空を振り仰ぐ。

そこには、ただ白い鳥が舞っていた。

目が痛くなるほどその白い鳥を凝視し、白き神からの教えを受けようとしても、その答えは得られないままだ。

四章

すすられていた。

大きく足を広げさせられたラスティンは、その身体から流れ出す蜜をガスタインに直接
「っん、……っあ、はぁあ、……ン……っ」

分厚く熱い舌に敏感な花弁をなぞられるたびに、身体の奥でぞくぞくと刺激が弾ける。

快感で頭の中が一杯になり、あと少しで深い絶頂に達するはずだ。だが、その寸前のこの感覚が、ラスティンはあまり得意ではなかった。特にラスティンは陰核を刺激されるのに弱くて、休みなくそこをいじられると、まともに呼吸すらできなくなるからだ。

なのに、ラスティンをその絶頂に追いやるのが、ガスタイン王の密かな楽しみのようだ。

すでに立て続けに絶頂に追いこまれていたから、さすがに足を閉じて逃れたくなる。だが、足の間に凶王の身体があるから、ひたすらその奥を好きなように蹂躙《じゅうりん》されるしかない。

「……んぁ、……あ……っ」

指先で花弁を開かれ、陰核の包皮を押し上げられて、直接舌でねぶられる。どこもかし

こも、敏感な部分にはすべて凶王の舌が這う。舌がうごめくたびに、快感が腰にぞくぞくと響いた。

全身に力が入って、太腿がわななないた。苦しくて、呼吸まで止まりそうだ。ここまでラスティンをとことん感じさせてから突っこむのが、凶王が好むやりかただ。入れたときのたまらない柔らかさと、その後にだんだんと締まりが増していくときの対比がいいらしい。そんなことを、ぬけぬけと口にされた。

――それに、何度も達して、苦しそうにする私の顔が、……好きだって。

ガスタイン王には、残虐で悪趣味なところがある。

だけど、それだけではない。ラスティンが気になるのは、その裏に何か別のものが隠れているような感覚があるからだ。

――残虐で、ひどいだけの王じゃない。……何かが……。

それを暴きたいのだが、なかなかうまくいかない。あれから、自分の話もしてくれない。

何より陰核を転がされる刺激が強すぎて、だんだんと余計なことを考えることができなくなる。

「っんあ、……っあ、あ、あ……っ」

達しそうになると舌は陰核から外され、蜜壺の入り口まで移動した。

体内に尖らせた舌を押しこまれ、蜜をすくうように動かされる。その甘ったるい刺激に腰が溶けそうになったところで、また陰核に舌が戻された。舌先で感じすぎる部分を転がされ、戯れに吸い上げられて、ラスティンの呼吸が切迫した。

「っはぁ！　……っぁ、……んぁ、あ……ン、ン、ン……っ」

――また、イキ……そ……っ。

最初の数回は、魔法によって身体の感度を上げていた。

だけど、一週間ぐらいで彼女がかけた魔法は消えた。今は魔法が効いていないのがわかる。

だが、魔法などなくとも、ラスティンの身体はすでに凶王の愛撫に容易く溶けるようになっていた。今も体内の粘膜がざわざわと騒ぎ、早くそこに凶王の大きなものを入れられたくて仕方がない。

「っんぁ！　ン、ン……っ」

絶頂の前兆に、ラスティンの身体がシーツの上で跳ね上がった。

淫らに女からせがんだほうが、悪趣味な凶王の機嫌がよくなることを知っている。

だから、涙のにじむ目で彼を見上げ、悦楽にかすれた声で誘ってみた。

「……陛下、……中に、……ください……っ」

口にしただけで、突っこまれたときの悦楽を身体が勝手に思い描き、襞がぎゅっと締まる。押し出された蜜が足の狭間をとろりと伝う。蜜が這った部分がむず痒くなる。

「ッン、……達するときの……っ、締めつけを……直接、感じて……は、いかがですか」

「達するときの、……締めつけか」

低くつぶやいた後で、ガスタインがラスティンの足の間から顔を上げた。

「そう、だな。……ならば」

そんな言葉とともに膝をつかまれ、硬い先端が押しつけられた。挿入の予感に息を呑んだ次の瞬間、それがぐぐっとラスティンの身体を割り開く。

「っぁあああ……っあ……っ」

粘膜を一杯に広げられる強烈な感触に、ラスティンは詰めていた息を吐いた。

入れられる瞬間は、今でも少し怖い。だが、ガスタイン王の楔がもたらす悦楽が、すぐにその恐怖を塗り替える。

入ってきた勢いそのままに、奥まで一気にはめこまれた。体内をギチギチに満たされる充足感に、たまらず甘い声が漏れる。

休む間もなく出し入れされ、わざと感じるところに擦りつけるように切っ先を動かされて、深い快感が全身に広がった。

もともと絶頂寸前まで高められていた身体だ。ラスティンの身体を知りつくした突き上げに耐えきれるはずもなく、たちまち高みまで押し上げられていく。

「ん！　……っぁあああ……っ！」

ぶるっと身体が大きく痙攣し、ラスティンはのけぞりながら達した。

凶王を受け入れている襞が収縮し、中にあるものを何回にもわけてギチギチに締めつける。こんなときには自分から腰を振ったほうがより悦楽を感じられることも、このろくでもない身体は覚えてしまった。

そんな襞の絶妙な締めつけには、ガスタイン王も耐えられなかったらしい。

ぶるっと小さな痙攣がそのたくましい身体に走ったかと思うと、身体の一番奥に熱いものが浴びせかけられた。

その感触だけで、ラスティンも次の小さな絶頂に押し上げられる。

「っふぁ、……ふ、ふ、……ふ……」

しばらく動けないほど、強い快感の余韻に身体を支配される。中のものが擦れる感触に耐えながら、ラスティンはガスタイン王の腰に自分の太腿をからめつけた。

ガスタイン王も余韻に浸っているらしく、少し身体を横にずらして全ての重みをかけないようにしながら、ラスティンを抱きしめた。

胸元に埋まったガスタインの顔を、ラスティンは息を弾ませながら眺める。

形よくまっすぐに伸びた眉に、形のいい鼻梁。そげた頬から漂う男の色香は今でも見とれてしまうほどだ。

誰よりも憎い男であり、殺したいと願っているくせに、こんなひとときに安らぎすら覚えた。表情の変化にも、やたらと翻弄させられる。それだけの魅力がある男なのだと認めざるを得ない。

ガスタイン王のほうも少し上体を起こして、ラスティンを眺めてきた。達した後のしどけない顔をじっくり見られてから、唾液が流れている唇を指先でなぞられる。さらに口の中に指を入れられたので、一瞬噛《か》み千切ってやろうかと思った。

だが、放心してそれを全く実行に移せないでいるうちに、指で口の中をぐるりと掻き回された。さらに唾液があふれる。欲しいのは口にではない。もっと淫らに、下肢の粘膜を掻き回されたくて、ラスティンは口を開く。

「は、……は……あ……」

指先に淫らに舌をからめてそのかすように見ると、それが伝わったのか、ガスタインは笑った。すぐ、という意味ではなかったはずなのに、中に入れ直される。それから、疲れを知らないように動きだされた。

先端が張り出した存在感のある楔に、感じやすい部分が強烈にえぐられる。

ことさら感じるところに押し当てられて、じっとしてはいられなかった。

「っうぁ、……う、……ぁあ、……ぁあああ……ン……」

甘い声を漏らしながら、ラスティンは凶王の楔により深く自分を貫かせようと足をからめる。

殺すために近づいたはずだ。だが、ラスティンを抱くとぬくもりを取り戻す凶王の身体が不思議で、抱きしめる腕に力がこもる。愛しげに触れられる仕草が、増えているような気がする。

だから単なる肉の交わりに過ぎない行為かもしれないのに、ラスティンのほうものめりこんでしまうのだ。

気を失うほどに抱かれ、起きれば凶王はいない。それが常だった。

だから、今夜もベッドで目を覚ましたとき、ガスタイン王はいないとばかり思いこんでいた。だが、背中にひんやりとした感触を覚えて、ラスティンは驚いて身体をひねった。

そこに、誰かがいた。

ガスタイン王でしかあり得ない。気配に聡《さと》い彼も目を覚ましたのだろう。だが向き直るよりも前に、闇の中でラスティンの身体は背後から抱きこまれた。

その肌の冷たさにラスティンはぞくっと総毛立つ。

だが、ラスティンはその腕を振り払いはしなかった。ガスタイン王に力でかなわないことはわかっているし、その冷たい身体を少しでも温めたいという意識がある。

――どうして、……こんなにも冷たいの？

まるで人ではないみたいだ。ラスティンはその腕の中で震え上がる。肌が粟立ち、乳首が尖る。それは、寒いときの反応だ。

だけど、冷たいからといって振り払いたくはなかった。

身体が冷たいと、何だかひもじいような、悲しいような気分になることをラスティンは知っている。救護院にいたころから、他人の冷たい手に触れたときには、そのまま握りこんで温めるのが、ラスティンの癖だった。

「振り払わないのか？」

そのとき、かすれたガスタイン王の声が聞こえた。

けだるそうな声だ。憎まれ、遠ざけられることに慣れている。

振り払われても当然だと、達観しているような声の響きだ。

そんな感情が闇の中で伝わってきたから、ラスティンは余計に動けなくなった。

悪辣《あくらつ》な表情の奥に隠されたものを知りたい。片方だけ涙を流していた目が、思い浮かんだ。

あれから、ガスタインは自分の話を全くしてくれない。だけど、ラスティンは彼の中に潜んだ何かを――良心のようなものの存在を、不思議と感じ取らずにはいられない。

――だって、たまに優しいもの。

ラスティンの涙を拭うときの指の動きは、人慣れない生き物が怖々と触れているように感じられることがある。

ラスティンを抱くことで——そのぬくもりに触れることで、凶王は何かを取り戻そうとしているのではないだろうか。

彼を変えることは自分にしかできない気がしたので、ラスティンを放して起き上がろうとする凶王の身体に、反射的に正面からしがみついた。それだけではなく、頭部までぎゅうと胸のあたりに抱き寄せる。

王の身体にしがみついただけで、背筋にぞくぞくと震えが走った。乳首がさらに凝っていく。だけど、この冷たい身体に自分のぬくもりを分け与えたくて仕方がない。

そこまでした後で、ラスティンはハッとした。

——私、……いったい何を？

王に対しての態度としては、恐れ多い。いくらお気に入りの愛妾といえども、王の動きを妨げることは許されないはずだ。

その上、相手は殺したいと思っているほど憎い男だ。その男を自分の身体を使って温めようとするなんて、いったい自分はどうしてしまったのか。

——だけど、……冷たいのは、ダメだから。

ひもじいと冷たくなる。死に近づく。だから、生命を救うためには温めなければならない。一杯の温かいスープが人々を救ってきた光景を、ラスティンは救護院で見てきた。

「どうして、こんなにも、……陛下は冷たいのでしょうか」

我慢しきれなくて、尋ねてみる。生きている人の体温とは思えなかった。

触れているだけで、ラスティンの体温はどんどん奪われていく。

なかなかその全身は温まらず、腹の奥までラスティンの身体も冷えていく。こんなにも冷たい身体をしているから、心まで冷たくなってしまうのではないかと思う。

まともに返事をしてもらえないかと思ったが、皮肉げな声が響いた。

「少し前までは温かかったのだが、……また冷たくなってしまった」

ラスティンを抱いているとき、ガスタイン王の身体は温かかった。特に体内に入ってくる彼の楔は熱いぐらいだ。そのことを言いたいのだろう。

だが、今は違う。救護院でラスティンは病人を看病していたからわかる。死にゆく者からは、急速に体温が奪われていく。その病人と同じような冷たさだ。

「いつも冷たい。……アレと、……契約したときから」

――アレ？

それは、何を指すのだろうか。契約とは何なのか。

闇の中で目を凝らしたラスティンの脳裏に、白き神の神殿跡で目にした、割れた壺の破片が蘇る。

オオワシの絵が描かれていた。

壺が割れたことによって、その中にいた禍つ神が解き放たれた。もしかして、ガスタイン王はその禍つ神と契約をしたとでもいうのだろうか。

ぞくっと肌が粟立つ。そのことについて聞き出すのは今しかないような気がして、その髪に指をからめながらねだってみた。

それでも、自分の正体が知られてはならない。必死でさりげなさを装った。

「先日の、話の続きをしてくださいませ」

「何だ、それは」

「陛下のご両親の話です。亡くなられた日のこと。……隠し戸から出られた陛下は、どうなされたのでしょうか」

こうしてしがみついていれば、その脈拍や息づかいからガスタイン王の機嫌を察することができる。

――今は、落ち着いているわ。

彼はひどく残酷なときと、そうではないときがある。

ラスティンを抱いた後の王の情緒は、いつでも少し落ち着いているように思えた。

少し腕の力を緩めて、ラスティンは胸に抱きこんでいたガスタインの顔を見つめる。よく見えるように、顔が同じ高さになるまで少し沈みこんだ。

遠くの光景を記憶の奥底から引き出そうとするように、ガスタインは少し目をすがめた。そんなときの表情が少年じみていて、ラスティンはその顔に見とれた。

不思議と、ガスタインが二人いるかのように感じられることがある。以前ガスタインは「殺戮を好む自分と、安寧を望む、二人の自分がいる」と語っていたが、ラスティンが感じるものは少し違う。

——横暴な王と、……繊細で、少年っぽい王よ。

横暴な態度が目立つが、時折表れる王の不思議な魅力に、ラスティンはぐっと惹きこまれている。

あの壺の中身がガスタインと関係しているのか知りたい。

ガスタインは自分の腕を枕にしてごろんと天井に向き直り、独りごちるように声を漏らした。

「隠し戸が開いた後、兵は部屋にいなかった。俺を探して王城中に散らばったらしい。城の出入り口は固められていたから、俺は奥に逃げるしかなかった。気づけば、王城の禁域に入りこんでいた」

「禁域……？」

「この後宮の、奥のほう……。崩れた塔や、それらが並ぶあたりが禁域と言われている」

そんなふうに言われて、白き神の神殿があったあたりが、禁域と定められていたことを知った。確かに、白き神の神官以外の人をあのあたりで見たことはなかった。

「禁域には踏みこむなと言われていた。だが、血が滴る刃で追われている俺にとっては、そんな禁止は意味を持たない。兵たちの気配は、そのあたりにはなかった。だから、生い茂る木々の中に分け入りうろついているうちに、自分がどこにいるのかわからなくなった。城壁を抜けてはいないから、王城の敷地内ではあるはずだ。そのとき、何かに呼ばれたような気がして、ふらふらとその方向に歩いた。そこには、白き神殿があった」

ラスティンは絶句する。

これはどういうことなのだろう。

ラスティンもその神殿にいたはずだ。神官たちは皆、王城の不穏な空気を察して、一室に集まって震えていた。

「俺に呼びかけてくる声はますます強くなる、それは耳ではなく、頭の中に直接響いた。声に従って歩いていくと、そこに壺が置かれていた」

「壺」

ラスティンの中で、嫌な予感がますます膨れ上がる。

「ああ。これくらいの壺だ。腰ぐらいの高さの柱の上に置かれていた」

ガスタインは手で壺の形を表した。ちょうどラスティンの頭ぐらいの大きさだ。

ガスタインはその光景を思い描いているように、遠い目をしたままだ。

「それが柱の上にのせられているのを見たとき、生首がさらされているのかと思って、ゾッとした。声は俺に、壺を開けろとそそのかした。『太陽の神の息子よ。この封印を解け。さすれば汝《なんじ》に、限りなき力を与える』」

その廃墟を見ていただけに、ラスティンもその出来事を頭の中で思い描けた。

「封印を解かれたのでしょうか」

ドクンドクンと鼓動が鳴り響く中で、尋ねてみる。

あの壺はおそらく、禍つ神が封じられていた壺だ。

ガスタインはためらいなくうなずいた。

「十五年も前の話だ。封印の文字を確かめようと手を伸ばした。だが、埃を払おうとして軽くなぞっただけで、その紙は破れた。その途端、蓋は触らずとも内側から押し上げられるように外れた。壺から黒いヒトガタの何かが、俺のすぐ目の前に這い出してきた」

「……っ」

「気づいたときには、そのヒトガタの手が、俺の腹に突き立てられた」

ガスタインは、てのひらで自分のゴツゴツした腹部をなぞる。

「途轍もない激痛があった。腕がすっかり俺の中に入ると、ヒトガタをしたその全身も、俺の中に入ってきた。肩や頭が入ってきたとき、俺は痛みのあまり意識を失った」

禍つ神はガスタインの中にいる。だからこそ、彼の身体はこんなにも冷たいのだと納得できた。とんでもない事実を知ったことで、ラスティンの鼓動は乱れ打つ。

「それから、……その黒いヒトガタは、ずっと陛下の中に？」

「ああ。俺の腹の中にいる。……いや、月に一度だけ出てくるときがある。月の初め——新月の夜に」

ラスティンは息を詰めて、一言も聞き漏らさないように集中する。こんな話が聞けるとは思わなかった。

「その壺の中身が陛下に宿ったことで、どんな変化があったのですか？」

「すぐにアレの力はわかった。神殿から出た後、俺は王城に引き返した。俺の姿を見た途端、兵たちが一斉に襲いかかってきた。俺は兵から剣を奪い、やつらの首を次々に刎《は》ねた。軽く刃でなぞっただけで、やつらの首は落ちた。誰一人、俺にかなう者はいなかった。それまでの俺は、多少は武芸に秀でていたとはいえ、何人も相手にする力はなかった。不死の力も手に入れた。俺を止められる者がいないまま、まっすぐに玉座のある部屋まで進み、……最後に残ったのが伯父だった」

ガスタインはニッと、血の滴るような笑みを浮かべる。

そのときの光景を、鮮明に思い描いているかのようだ。

血に染まった剣を下げた、十五歳の少年。そのほっそりとした身体からはまがまがしい気配が立ち上り、今の彼のように凶悪な笑みを浮かべていたのだろう。

その身に宿ったのが禍つ神であることを、玉座を得ようとしていた伯父は認識できたのだろうか。

「俺の両親は、せめて息子だけは助けて欲しいと命乞いをした。だが、伯父はその命乞いをせせら笑った。なのに、伯父はそんなことなどなかったかのように、みっともなく俺に命乞いをした。……だから俺はあいつを、……両親が殺されたのと同じ方法で、じわじわと時間をかけてなぶり殺しにした。指を一本ずつ落とし、その皮を剝いで、ねっとりした赤い血とともに伯父から命が流れ出していくのをただ眺めた」

何が今のガスタイン王を形成したのか、少しずつわかってきたような気がする。

——両親を殺された復讐心。……そして、……禍つ神。

どんな気持ちで、両親を殺された少年は後宮の裏手の森をさまよい歩いたのだろう。恨みと苦しみと悲しみで一杯になった心に、禍つ神の声が響いた。彼が呼ばれた。

——太陽の神の息子を。

それは、まさに禍つ神が望んでいた展開だったのかもしれない。

——だけど、……悲しい。

ガスタイン王がこんなふうになったことが。身体がひどく冷えていることが。禍つ神をその身に宿してから、彼は少しでも安らぐことがあったのだろうか。

ラスティンはベッドに身体を起こし、ガスタイン王の手をつかんでそっと指をからめた。

片方の手に両手を添えて温める。

聞いた話の衝撃でラスティンの指も冷たくなっていたから、なかなか温まらない。

それが悲しかった。涙があふれる。少しでも温めたくて、頬もすり寄せた。

それでも足りない気がして、ガスタインの手を自分の腹部に押しつけようとした。だが、その途中でガスタインは手を引いた。

「これでは、そなたが冷える」

「いいのです」

温めたかった。どうすれば、彼から禍つ神を追い出すことができるのか、まるでわからない。

それでも、がむしゃらに温めてあげたい。

ラスティンが泣いているのを見て、ガスタインは瞬きをした。ぎこちなく視線をそらす。

「しゃべりすぎた」

続けて、胸に痛みでも感じたように少し眉を寄せた。

「そなたには、……何でもしゃべりすぎる。何かがしゃべらせる」

それっきり、ガスタイン王はぷっつりと押し黙った。

ラスティンのそばにごろりと身を横たえて目を閉じたから、ラスティンはその身体に丁寧に布団をかけ直し、傍らに寄り添った。

――陛下は、禍つ神そのもの。

だとしたら、この国の異変は全て禍つ神によるものなのだろうか。ガスタインの悪心というより。


――温かい……。

自分に寄り添った身体から、ガスタインはぬくもりを感じている。

チクチクと先ほどから胸が痛んでいるのは、ラスティンが泣いていたからだ。

ずっと長い間、ガスタインは人の痛みなど感じることはなかった。そんな感情自体、とっくに自分の中から消え失せたと思っていた。

だが、ラスティンが泣くと、慰めてやりたいという感情が自然と自分の胸に湧き上がってきた。そのことにとまどうばかりだ。

自分に逆らう者は、見せしめを兼ねて残酷になぶり殺しにした。断末魔の悲鳴を聞いても、心はまるで動かなかった。

なのにラスティンと出会ってからは、その凍りついた心臓が奇妙に疼いている。

彼女を抱いた後には、胸のあたりにほのかなぬくもりが宿った。そのぬくもりが、ガスタインを変化させようとしている。

——……何か……懐かしいものを、……思い出している。

両親の夢を見たのを皮切りに、幼いころの夢を何度も見るようになった。

好きなだけ駆け回った野山。川の水が太陽の光を反射して、ひどく眩《まぶ》しかったこと。振り仰いだときの、強烈な陽光。額を伝った汗のくすぐったさ。

即位するより前のことばかり、やたらと思い出す。ガスタインは王族の一員ではあったものの、父が王位を継ぐとは決まっていなかった。だから気軽な身分であって、城から抜け出しては自由に遊び回っていた。

夢を見て目覚めたときには、不思議と指の先がほのかに温かい。ずっと冷たさしか感じていなかったはずなのに、身体の中で何かが復活しようとでもしているようだ。

ラスティンの不穏な動きを知っている。

彼女が何かと後宮から抜け出して、白き神の神殿の跡地をうろついているという報告も受けていた。だが、捨ておけ、と命じてある。

おそらくラスティンは、白き神の神官か巫女だ。

だが、白き神の神官と巫女は、十五年前に全て殺したはずだ。

それでも彼女には、何か特別な力を感じるから、きっとそうなのだろう。

白き神は豊穣の神であり、禍つ神が厄災を振りまくのを抑える力がある。

だから、禍つ神に操られるままに白き神の神殿を焼き払うように兵に命じた。あのとき、自分の唇が初めて禍つ神に操られたのを覚えている。

禍つ神が白き神に対して、恐れを抱いているのもハッキリと伝わってきた。

白き神には禍つ神を滅ぼす力があることを、ガスタインはその後、三柱の神の伝承をたぐって知っている。

ラスティンの素性などわからないまま寝所に引き入れたが、ここまで彼女がガスタインにとって特別なものに思えるのは、彼女の正体が関係しているはずだ。

抱いた後に不思議とぬくもりが残るのも、おそらくそのせいだ。そのぬくもりが、ガスタインに人の心を取り戻せと訴える。やたらと過去のことを思い出させる。心など、完全に死んでしまったはずなのに。

まぶたを閉じると、血塗られた戦場が浮かんだ。

どこまで馬を走らせても、死人と死んだ馬しかいない。そこに吹く風は屍臭《ししゅう》を帯びている。まがまがしい、鼻にツンとくる臭いだ。地面は死体で覆いつくされ、それはぐずぐずに腐っていく。

だけどそんな光景の中にあっても、ガスタインの心はまるで痛まなくなっていた。

むしろ早く次の戦場に行き、幾万の敵を屠りたいと血が騒ぐ。人の身体に刃を突き刺し、串刺しにしたときの手ごたえを味わいたい。生温かい血を浴びたい。血しぶきで何も見えなくなるほど、殺して殺して殺しまくりたい。

禍つ神はガスタインに、不死の力を与えた。心臓を貫かれても、ガスタインは死ぬことはない。痛みを感じるものの、動いて敵を屠ることができる。身体は再生する。

そして、自分の軍と敵軍の陣形が見通せる不思議な力が備わるようになった。そうなれば、ガスタインは無敵だ。布陣がわかれば弱点をついて敵を破ることは容易い。

だからこその常勝だ。

人は神にかなわない。どんな傷を負おうが、ガスタインの命が奪われることはない。だから、兵たちの先頭で戦える。それが兵の士気をますます高める。

神の力を、ガスタインは手に入れた。

だが、代わりに何かを失っていく。感情を、――人の心を。禍つ神に取り憑かれたまま、ひたすらガスタインは戦いを続けている。禍つ神が血を望んでいるからだ。異民族全てを滅ぼしたら、次は近隣諸国に襲いかかるのだろうか。

――戦いを止められない。

そんな自分は、すでにまともではないとわかっている。

ラスティンと出会ったことで、ガスタインは何かが自分を滅ぼしてくれるのを、ずっと待っていたのだと気づいた。だから、ラスティンが白き神の神官や巫女の生き残りで、自分に害をなすつもりでここにやってきたのであってもかまわない。むしろ、そうであって欲しいと願っている。

まともではなくなった自分を、止めてもらいたかった。この間違いは是正されるべきだ。

自分はおそらく、方法を間違えた。禍つ神などこの身に宿らせるべきではなかった。

ただしそれは、民が餓えない方法でだ。その方法はまだ見つからない。

そこまで考えたとき、ガスタインの頭の中で声が響いた。

――あの娘を殺せ。そして、次の戦場に向かえ。

血塗られた戦場が瞬時に脳裏に浮かび、血への渇望に喉が鳴りそうになる。前の戦が終わってから、二ヶ月だ。早く敵を屠りたい。待ちきれない。戦がしたくて血が騒ぐ。

――殺せ殺せ殺せ殺せ。

ラスティンの柔らかな肉も味わいたくなった。その血はどれだけ甘いだろう。その喉笛を切り裂いて、顔を埋めたときの甘露を思い描く。

だが、腹のあたりに残ったぬくもりが、その欲望を押し静めた。

ラスティンに指をからめられ、ぎゅっと握られたときのぬくもりが蘇る。その手を、頬に押しつけて温めてもらった。

ラスティンは、ガスタインに唯一残された大切なものだ。あれを失ってしまうわけにはいかない。

――ラスティンは殺させない。命がけで守る。彼女だけは。

太陽の神の末裔であるガスタインの身体には、今でも力が宿っており、ガスタインの抵抗に禍つ神は手を焼いているようだ。

心の大半は支配されつつあったものの、懸命に抵抗すればラスティンを守ることができるはずだ。

気づけば、ガスタインはとろとろと眠りに落ちていた。

寝返りを打つと、すぐそばにラスティンの柔らかな身体がある。起こしてしまわないように腕を回して、抱き寄せる。

こんなにもガスタインの身体は冷たいのに、無意識にすり寄ってきてくれるのが嬉しい。触れあった部分からじわじわとぬくもりが伝わる。

何かがガスタインの腹の底でうごめいた。

——愛しい。

いつから自分は、この感情を忘れていたのだろう。

愛しい彼女に、自分を滅ぼして欲しい。

後宮に来てから、ラスティンはガスタイン王についていろいろ知った。

民が噂していたのとは違う。もっと現実に即した彼の話だ。

——陛下は血を欲しておられる。この先、いつまでも戦はやまない、って。

ガスタインが王位を継いだときには、国は崩壊寸前だった。

ガスタインの祖父の代には畑の収穫量は極端に落ち、飢饉にも苦しめられていた。

ガスタインはまず食糧を独占していたろくでもない諸侯を成敗するために、軍を組織した。実を結ばない農地をむなしく耕すだけだった農民は、兵の募集に応じた。軍に入れば、食べることができるからだ。痩せ細った彼らを、ガスタインは屈強な兵に育て上げた。

ろくでもない諸侯は、それによって全て滅ぼされた。

次に王は、食糧が全ての都市に行き渡るように街道を整備した。

国内を平定したガスタイン王の目は、国の外に向かうようになる。

——何故なら、このラヌレギアの地に、豊かな実りは長いことないから。

だから、異民族の国に攻めこんだ。異民族は常に国境線を脅かしており、長いこと悩みの種だったらしい。ラヌレギア王国がどんなに和平を懇願し、どれだけよい条件で貿易を持ちかけても、穀物の一粒もこちらに渡そうとはしなかった国だ。

そこは『豊かなケートセヴミネ』と呼ばれていた。

この異民族の国を滅ぼし、そこにあった豊かな実りによって、ラヌレギア王国はしばらく息をつくことができた。だが、ケートセヴミネの畑に、麦の穂が黒く枯れる病がじわじわわと広がっていった。今までは見られなかった病だった。

ガスタインの功績をあらためて知ったことによって、ラスティンは彼の言葉が真実だということを認識せずにはいられない。

――陛下が次々と侵略を行ったのは、本当に食べ物のためなんだわ。

民を餓えさせないのが王の仕事だと言っていた。だけどラスティンはすぐには納得できずにいた。ガスタインは血と殺戮を好む独裁者と信じなければ使命感がぐらつきそうだったからだ。

――でも、陛下には壺から出てきた黒いヒトガタの何かが――おそらくは禍つ神が宿っているわ。

戦争がやまないのは、民のことを思う心につけこまれているからだろうか。だとしたら、倒すべきは禍つ神なのかもしれないが、禍つ神だけ倒す方法をラスティンは知らない。

どちらにしろ、ガスタイン王を滅ぼすしかない。体内に巣くっている禍つ神ごと。

まだラスティンは、神官長に託された「何か」を発見できてはいなかった。不死身の凶王を滅ぼす方法があるはずだった。

気ばかりが焦る。

ガスタインのことを考えるたびに、殺意が揺らぎそうだった。

ラスティンは、侍女と兵の目を盗んで、白き神の神殿の廃墟へと向かった。

フレスコ画を改めて眺めてみる。冥界を進む太陽の神の馬車に、禍つ神が襲いかかるシーンが描かれていた。禍つ神の姿は、オオワシだ。

さらに歩を進めると、白き神の祭壇があった部屋に出た。

天井はなく、祭壇はその土台を残して破壊されていた。そこにあったはずの白き神の像も今はない。

白き神は少女の姿をしていた。その指先に御使いの海鳥をのせ、空を見つめている姿だ。

すでに神の気配なきその祭壇の前で、ラスティンは両手を組みあわせ、膝をついて白き神への祈りを捧げた。

祈りなど、ここを出てから口にしたことはなかった。覚えているかどうかも定かではなかったのに、この場所に来るとなめらかに口から漏れる。まるで自分の身体の中に、あらかじめあった言葉のように。

「ゲルグ・カゥザ・ウシル、ラ・イニヤ・エデイドゥ……」

神官たちと、かつては皆でこの祭壇の前で祈りを捧げた。

言葉の意味はわからなかったが、その響きが音楽のようで心地よい。唱えるにつれて、何か温かく柔らかなものに身体が包まれていくような高揚感があった。腹の中に火が灯り、寒さが和らいでいく。

何だかぼうっとしたまま、ラスティンは祭壇を回りこみ、さらに神殿の奥へ足を運んだ。そこには、新たなフレスコ画があった。これを見た記憶がない。ラスティンがこの神殿の奥には、入れてもらえなかったからだろう。

その絵には太陽の神と白き神との蜜月が描かれていた。太陽の神と白き神が手を取りあい、大地に恵みをもたらしている。

その次に続いたのは、白き神と太陽の神が背を向けた場面だ。神の力が弱まり、その背景では麦の穂もしおれている。

これに対して、神官から話を聞いた記憶があった。

太陽の神は人の身に宿り、直接人々を治めるようになったことで、だんだん神としての力を失っていったらしい。

白き神はもともと太陽の神の光を受けて力を発揮するものであったから、太陽の神の力が弱まると、白き神も力を発揮できない。

今は神の力に頼る世界ではなく、人の世になったのだと神官は言っていた。

——太陽の神が人になったから、このラヌレギア王国の地から、豊穣の力が失われていったの？

ざわざわと血が騒ぐ。この地に再び豊穣がもたらされる方法はないのだろうか。

新しい農法によって収穫量が上がり、人口が増え、その代わりに土が痩せていく。

痩せた土は数年間休耕しても、元には戻らない。他国を侵略して、その地の富を奪い、糊口《ここう》をしのぐ以外にはない。

ラスティンは次の壁画を探した。別の部屋に、太陽の神の馬車が冥界を横切り、それを禍つ神が妨害している場面が描かれている壁画があった。

今までラスティンが知っていた伝説では、太陽の神が禍つ神の妨害を容易くはねのけていた。だが、ここの絵では、太陽の神が禍つ神の妨害に遭って、冥界にとどめ置かれている。

——え？

ラスティンはさらに次の壁画を探した。

太陽が昇らなくなった地上では、諍《いさか》いが頻発するようになっていた。人々が殺しあい、草木も枯れている。地上に残った白き神が、太陽の神の帰りを待っている。地上は真っ暗なままだ。

太陽の神も、白き神も、力を失ってしまったようだ。

——これって……！

ラスティンが知っている話とは違う。これは、太陽の神が禍つ神に負けた世界だ。

ここに描かれている状況は、今のラヌレギア王国と一致してはいないか。それが気になって、次の壁画を探した。

次の一枚では、白き神が冥界にいた。白き神の化身である白い鳥が、禍つ神の化身であるオオワシを倒し、囚われていた太陽の神を自由にする。血を流すオオワシの胸には、短剣が突き立てられていた。

――短剣……？

ラスティンはようやく答えが得られたような気分で、短剣を凝視した。これを手に入れたら、禍つ神を滅ぼすことができるのだろうか。だが、禍つ神を殺したら、ガスタイン自身はどうなるのだろう。

――禍つ神ごと、死んでしまう……？

不安に駆られたまま、次の壁画を探さずにはいられない。

ひどく崩れかけた壁に、最後の壁画が残っていた。

そこでは太陽の神が地上に戻ってきて、白き神と手を取りあっている。その二人の背後には、豊かな麦の穂が実っていた。国に豊かさが戻ってきたという象徴だろう。

――これって……。

ラスティンの足が震えた。

禍つ神さえ滅ぼせば、大地に豊かな実りがもたらされるのだろうか。

地上に太陽の神を戻すことさえできれば。

──わからない。

だけど、敵が禍つ神だというのはわかってきた。その禍つ神を滅ぼせるのは白き神だ。ラスティンはぞくっと震えた。

白き神の神官は全て殺され、その遺志を継ぐのは巫女であるラスティンただ一人だ。神官長がラスティンだけを必死で逃がしてくれたのは、禍つ神を滅ぼすためだったのだろうか。

神官長は壺の中にいた禍つ神がガスタイン王に取り憑いたのを知っていたのだろう。

──だとしたら、……私に託されたのは、……この短剣なの？

壁画に描かれた短剣を、ラスティンはじっと眺める。もしも見つかったとしても、武器など使い慣れてはいない。そんな自分に禍つ神が滅ぼせるのだろうか。相手は戦いに慣れたガスタインその人かもしれないのに。

──だとしても、やるしかない。

だがその日も、神官長が「何か」を隠した場所は見つからなかった。

五章

——誰かと眠ると、温かいの。

ラスティンはそのことをよく知っている。だから救護院にいたとき、凍えそうに寒い夜には幼い子供を呼び寄せて、一緒にくっついて眠ったものだ。

——人は温かいのよ。とてもね。

凶王と同衾《どうきん》した今までの女性たちは、彼の身体が冷たいことをどう思ったのだろうか。おそらく温めはしなかったのだろう。ガスタイン王は愛妾を持たなかったようだし、冷たい手を押しつけられたら反射的に避ける。

夏場ならまだしも、寒い季節には。

その冷たい身体を温めたのがよかったのか、凶王はラスティンの寝所を訪れたときには、朝までラスティンを抱き寄せて眠るようになった。

凶王の身体は冷たすぎたから、夜中に何度かラスティンは目を覚ますことがある。それでもラスティンは彼の身体を拒むことができない。

布団を掻き集め、侍女に言って湯の入った陶器製の容器を差し入れてもらい、自分が凍えないようにしながら温めずにはいられない。いくら殺すべき男であっても、だ。その冷たさは禍つ神が巣くっているためだと思えばなおさらだ。

――温めれば禍つ神の力が薄れると、思っているわけじゃないけど。

だけど、冷たいのは悲しいし、寂しい。ひもじくても指の先が冷たくなる。そのことを、ラスティンはよく知っている。温かいと人はそれだけで、少しは幸せな気分になる。

何の役にも立たないかもしれないと思っても、ラスティンはガスタイン王の身体を温め続けた。布団をより厚いものに替えたり、暖炉に一晩中火を焚いておくこともした。

だが、さして効果があるようには思えない。彼の身体は、死人のように冷たいままだ。

――だから、私を抱くの？

人は本能的にぬくもりを求める。凶王の身体はラスティンを抱いているときだけは、温かくなる。頻繁に求められるのは、そのせいだろうか。

今日も抱かれてけだるさに動けなくなりながら、ラスティンは乱れた息を整えた。

一緒に夕食をとり、深夜までさんざん身体をむさぼられた後だ。

すっかりラスティンの身体は抱かれることに慣れ、快楽を覚えた。今もまだ貫かれたところが甘く痺れている。

今は、凶王の身体は温かい。その腕を抱きこむようにぴたりと寄り添ってみたのは、どんなふうに彼の身体が冷えていくのか知りたかったからだ。

だが、その仕草を親密さからくるものと誤解したのか、そっと凶王がラスティンの頭部を抱きこんだ。その髪の中に指を入れて、ぎこちなく撫《な》でられる。何だか愛おしいものとして扱われているような気がする、ごく稀《まれ》に感じられるガスタイン王の人間くさい優しい仕草に、ラスティンは戸惑わずにはいられない。奇妙な痺れが背筋に広がった。

ここにいるのは殺すべき男であり、彼に宿った禍つ神を滅ぼすのが、ラスティンの使命だというのに。

——だけど、……ガスタイン王が残虐なことをしたのは、……禍つ神に支配されていたからよね……？

彼への憎しみは今やかなり揺らいでいた。抱かれた後、ガスタイン王はひどく人間くさい表情をすることがある。そのときの彼が、本来の姿のように思えるのは甘すぎる考えだろうか。

ラスティンのほうも、その腕の感触を心地よく感じ始めていた。

凶王から特別扱いされているように感じるのは、ラスティンの錯覚に過ぎないのだろうか。他にお気に入りの愛妾ができれば、自分など簡単に捨てられてしまうだろうに。

ラスティンは仰向けに横たわった凶王の隣にうつ伏せで寝そべり、まだ温かい凶王の指に指をからめた。ガスタインが少しだけまぶたを開いて、ラスティンを見る。その眼差しに胸が騒ぐ。長いまつげのあたりを、じっと眺めてしまう。

「私のように得体の知れない者を、ずっとおそばに置いてくださるのは、どうしてですか」

ずっと引っかかっていることを尋ねてみた。

この王城に来てから、そろそろ一ヶ月だ。

こうしてそっと髪を撫でられ、ガスタインが優しくなっているこんなときに、その理由を聞いておきたい。

「得体が知れないのは、誰でも一緒だ」

凶王はけだるそうに言いながら、ラスティンの髪から背中に手をすべらせた。肌触りを楽しんでいるような指の動きから、この身体を気に入ってくれていることだけは、何となくわかる。だけど、それだけの関係なら、ラスティンよりも極上の身体の持ち主がいるはずだ。

ガスタインはそれだけ言うと、閉じかけていたまぶたを完全に下ろしてしまう。身体の力も完全に抜けている。半分、眠っているようだ。彼が自分にここまで無防備な姿を見せるとは思わなかった。

こんなときなら、もしかしたら本心が聞き出せるかもしれない。

「ですが、……私のことは、何もご存じないですよね」

ラスティンは彼を覚醒させないように、柔らかな声で尋ねる。

救護院で育ち、十九のときに旅芸人一座に加わったところまでは自分で話したが、さして詮索されることはなかった。

白き神の巫女だったと知られるわけにはいかないが、自分のような得体の知れない者をそばに置いていることに、心配はないのか。

「別に、……知る必要はないからな」

空気に溶けこむような声で返された。

不死身だから、相手がどんな悪心を抱いていようが、恐れる必要がないのだろうか。だから、素性などどうでもいいのか。

ラスティンは少しだけホッとして、ガスタインの引きしまった形のいい頬に手を伸ばした。最初のうちは自分から触れるなんて恐れ多かった。

だが、凶王がさして嫌がらないとわかってからは、何かと触れて、その感触や造形をてのひらで確かめてしまう。そのそげた頬をなぞり、見目麗しさを味わう。

殺すべき男だと思っているというのに、この身体から禍つ神だけを追い出す方法はないのだろうかと考えてしまう。

「お妃さまは、……娶りませんの？」

気づけば、そんなことを口走っていた。

今日、侍女たちがそんな噂をしていた。特に心配になったのは、近隣の国の王女の名まで噂されていたからだ。

縁談が本決まりになれば、ラスティンはここから追い出されてしまうかもしれない。

ガスタイン王は目を薄く開き、その深い緑色の瞳でラスティンをとらえた。

「何だ？　自分の身が心配か？」

からかうような笑みにドキッとする。そんな表情を向けられただけで鼓動が跳ね上がるのを感じて、狼狽した。

「……そういう、わけでは、ありませんが……っ」

ガスタイン王が誰と結婚しようとも、ラスティンには関係のない話だ。ただ心配なのは、禍つ神を滅ぼすための何か――おそらくは短剣を手に入れて目的を果たす前に、ここを追い出されないか、ということだけだ。

なのに、ガスタイン王はラスティンをなだめるようにそっと抱き寄せた。そんな甘い仕草に、ラスティンはますます混乱してしまう。

「妃など娶らぬ。娶ったところで、残酷なことになるだけだからな」

「……どういうことですか」

「今は乱世だ。他国でのことだが、同盟国の王女を娶ったはいいが、ほどなく和議が破られ、王女は初夜の床で自害したと聞く」

——やっぱり……。

ろくでもない話に、ラスティンは小さく息を吐き出した。

「戦いは、……まだ続くのですか？」

今はガスタイン王は城にいる。だが、戦争のない状態が、ガスタイン王の治世で続いたことはない。今戦がないのは次の戦争のために準備をしているためだとも、お気に入りの愛妾に夢中だからとも言われている。

「わからぬ」

ガスタイン王は、簡潔に答えた。

「異民族との戦いは一旦は決着がついたが、国の中では、褒賞が不平等だ、払った犠牲に十分に報いていないなどと、不平がくすぶっている。……この分では、内乱もあるかもしれぬな」

「内乱……」

「痴《し》れ者のガスタインを滅ぼして、己が玉座に、などとうそぶいているやつもいると聞く」

その不穏さを楽しむような笑みが、ガスタイン王の口元に浮かんだ。

どこか破滅を——終わりを望んでいるような気配が、時折ガスタイン王から感じられる。

だが、ラスティンはそんな事態は歓迎しない。国の中が戦場となったら、今までとは比較にならないぐらい国土は荒れる。

王都から定期的に運ばれる食糧が途絶え、救護院への分配が機能しなくなったら、餓死者も大勢出るだろう。

「でしたら、……褒賞を弾んだら」

焦って、言ってみた。

内乱だけは、防がなければならない。

ガスタイン王はその言葉を聞いて、皮肉げに口元をほころばせた。

「この国はとても貧しい。資源も何もない。すでに分配した以上の褒賞など、他国を新たに攻め滅ぼさなければ出てこない」

「……っ」

絶句したラスティンの前で、ガスタイン王は淡々と言葉を紡いだ。

「以前も言っただろ。土地は痩せる一方だ。なのに、衛生状態がよくなり、医療も発達したことで、死者は減り、人口が増えた。このラヌレギアの土地では、今の数の民を養うには到底無理だ」

「……っ」

衛生状態がよくなり、医療も少しずつ発達しているというのは、救護院にいたからわかっている。

今でもちょっとしたことで人は死ぬが、かつてはもっと簡単に死んだらしい。少しずつ膨れ上がる人口を、救護院から分配される食べ物が救っている。

「俺が即位したとき、恐ろしい進言を受けた。国中の食糧を、民のために放出した後のことだ。そんなことはやめてしまえ。国は飢饉に襲われ、人口を減らす。それでいいのだと。ラヌレギア王国が養える民の数はかぎられている。だから、救おうとはせず、飢饉を利用して人減らしをするのがいいのだと」

聞くにつれて、ラスティンの顔から血の気が引いていく。

その進言に従っていたら、ラスティンの命はなかった。救護院に食べ物が供給されなかったら、そこにいた人々も、皆、餓えて死んだはずだ。

ガスタインの治世より前は、そうやって人減らしがされていた。

「……それで、どう、……なされたのですか」

その答えを、ラスティンは知っていた。だが、ラスティンは息を呑んで答えを待たずにはいられなかった。

戦争が続く裏にはガスタイン王の強い願いがあると気づいていた。しかし、血にはやり、人々を虐殺することを好むろくでもない王だと思っていた。

だけど聞きたくはない。彼の口からそれを聞いてしまったら、もう彼のことを殺せなくなってしまいそうだから。

だけど、聞かずにはいられない。ガスタイン王の願いを。

凶王はラスティンを見据えて、形のいい唇を動かした。

「それを止める方法は、……一つしかなかった。俺は、それを実行した」


それきり、凶王の声は途絶えた。

「……その方法とは、戦い、ですか？」

ラスティンは食い下がって、聞いてみる。

土地から収穫される食べ物の量が、そこで生きることのできる人の数を決める。飢饉のたびに大勢の民が餓えて死ぬ。人口は調整される。食べ物の量も足りるようになる。その道を選んだら、ラヌレギア王国は終わりのない戦に突入せずに済んでいたのかもしれない。王臣が王に訴えたとおりに。

だが、ガスタイン王は民を食わせる道を選んだ。

「ですが、豊かな土地は手に入ったはず」

見渡すかぎり黄金の麦の穂に輝く肥沃《ひよく》な土地を手に入れたと、何年か前に人々が沸き立っていたのを覚えている。

「ケートセヴミネの話だろ？　だが、そこの肥沃さは長くは続かなかった。麦に病が広がり、黒くなって枯れ始めた。もともと住んでいた民ですら、餓え始めた。このままでは冬が越せない、とわかったとき、俺が行ったことは何だと思う？」

「あらたな……戦？」

「そうだ。そなたは賢いな」

くくっと、ガスタイン王は喉を鳴らした。ひどく楽しげに見えたのだが、その目は暗く乾いている。彼の中に絶望が巣くっていることを、ラスティンは感じ取らずにはいられない。

「他に道はなかった。王は民を生かす責任を持つ」

その言葉が、ラスティンの胸に強く突き刺さる。

それはガスタインが敬愛する父の言葉であり、その教えを頑なに守ることで、ガスタインは自分を支えてきたのだろう。

他に方法はなかったのだろうか。

だが、どんなに考えてみても、戦の他に方法は見いだせない。異民族も、他の国も貿易に応じてはくれない。どんなに金を積んでも、食糧を分けることはない。

何故なら、この大陸自体に余裕がないからだ。

食糧は何よりも大切だ。余剰があれば貯蔵する。いつその国を飢饉が襲うかわからないからだ。この大陸の国はどこでも、慢性的な飢饉に悩まされていた。近くの国で飢饉が起これば、数年後にはその国で飢饉が起きる。飢餓は巡る。

「……でしたら、……いつまでも戦いは終わらないのですか？　どこかに、……肥沃な土地は？」

ラスティンはうめくように尋ねた。

王はなだめるようにラスティンの髪を撫でながら、遠い目をした。

「また、征服した地で麦が枯れる病が広がり始めている。この国には、数年分の備蓄しかない。餓えが広がるようなら、次はどこに攻めこむかを考えるしかない。幸い、俺は戦いには強い」

その目に、好戦的な赤い光がにじんだような気がした。血を求める気持ちがあふれている。禍つ神が、ガスタイン王をそうさせているのか。

かつてこのラヌレギア王国は肥沃な土地だったと、神官長は言っていた。何か特別な肥料があったとか。だが、それは伝承に過ぎないのだろう。

救護院の畑であらゆる肥料を試してみたラスティンには、そんなものはないとわかっている。

どこかに、ガスタインが戦をやめるだけの肥沃な地はあるのだろうか。麦の穂が黒く枯れる病が広まらず、豊かに実り続ける土地が、どこかに。

ここに来る前、凶王のことを厄災そのものだと思っていた。だけど、ラヌレギア王国の民にとって、王は救い主だったのだろうか。

少なくともガスタインの治世でなかったら、ラスティンはすでにこの世にいない。

ガスタイン王の功績は、各都市に救護院を作ったことだ。そこに行けばいつでも食べ物が与えられる。

単なる人気取りの施策だと思っていた。

その裏にガスタイン王の、民を餓えさせないという強い思いがあったとは知らなかった。

――もう、前みたいに彼を憎むことができないわ……。それでも、禍つ神を止めなければならない、その方法があるのならば。

強い決意とともにここへ来た。ガスタインの身体に禍つ神が宿っているのならば、それごと滅ぼさなければならない。

――だって、…………白き神の神官たちは滅ぼされた。

大切な人々を奪われた。

戦は王が生きているかぎり続くだろう。

使命を放り出すことはできない。ラスティンの今までの人生が、意味のないものになってしまうからだ。

復讐するためだけに生きてきたことや、自分をガスタイン王に近づけるために、命を落とした元神官の命までも、全てが。


民は耕して種を蒔《ま》き、穀物を育てる。その家族しか生かせぬ地は、痩せた地だ。

――だったら、どうすればいいの？

白き神は、豊穣の神。

だが、白き神の神殿が焼き討ちされる以前から、この地の収穫は少なく飢饉はあった。

ラスティンはどうしても、この国の農地を直接確認せずにはいられなくなった。


とある日の昼間。

ラスティンはそっと王城から抜け出した。

外部から王城に――ましてや王が住まう後宮は、厳重な警備で固められている。だが、その反対――王城の内側から外に出るときは、あまり警戒されないことに、ラスティンは気づいていた。

そのころには侍女の動きもわかっていたから、彼女たちがそろって地下で食事をする隙に洗濯室に入りこみ、お仕着せを一式抜き取ることもできた。それを身につけて、慣れた後宮の庭づたいに、王城の壁に沿って歩いていく。警備が手薄なところを見つけて、そっと市街地まで抜け出した。

王城で暮らすようになって、そろそろ一ヶ月半だ。

こうして王都の市街地を歩くのは、久しぶりだ。道路は石畳で覆われている。雨が降っても、ぬかるみに車輪を取られないようにするためだ。

国内の道路は整備され、馬車が食べ物を運んでいる。

高い城壁の内部には、土が剝き出しになっているところはほとんどなかった。

ラスティンは広い市街地を時間をかけて通り抜け、城門を抜けた。さらにその外側に広がる新市街地を、別の城壁が取り囲んでいる。

一番外側の城壁の門を抜けると、見回すかぎりに赤茶けた大地が広がっていた。

至るところに畑が作られ、地面にへばりつくように作物が植えられている。

多くの働き盛りの男が兵に取られ、畑を耕すのは女に老人、子供ばかりになっていた。

だから手が足りずに、畑が荒れていたのだとばかり思っていた。

ラスティンはしばらく土を眺めて歩いてから、畑の中の道で立ち止まった。身体を屈め、じっくりと畑の植物を観察する。

あらためて見ると、どの作物も痩せていた。実がスカスカなのが見て取れる。栄養が十分ではないようだ。

畑に水が行き渡るように、水路が張り巡らされている。だから、水の問題ではない。土そのものの栄養がないのと、そこに施す肥料が足りないのだ。

——どうすれば、豊かな土地になるの？　収穫量が上がるの？

ラスティンの救護院では、肥料になりそうなものは何でも試した。

灰、死んだ魚。とにかくいいと言われたものなら、何でも入れてみた。

一時的には効果があっても、望むほどの収穫量は得られない。肥料になるものは少なく、常に争奪戦だ。

どこかに、豊かな土地はあるのだろうか。

そう考えたとき、自分がガスタイン王と同じふうに考えていることにラスティンは気づいた。ガスタイン王は豊かな土地を、国の外に求めたのだ。

ラスティンはそっとてのひらを地面に押し当てた。

何がしたいというわけではなかった。ただ、自然とそうしていた。そっと目を閉じ、大地の気配を探る。

ゆっくりと呼吸をしていると、かつて神官長が教えてくれた言葉が蘇ってきた。白き神の神殿跡に出入りするようになってから、いろんなことを思い出している。その中の一つの言葉が、心に浮かんだ。

『聖なる島がある。そこに、白き神の御使いが住まわれておる。そこにある尊き白い粉をまくと、とてもよく小麦が育つ。だが、それは失われてしまった』

——白い粉。それは、どんなものなの？

そんな素敵なものがあるのならば、どうしてそれを使わなくなってしまったのだろう。失われたとは、使い果たしたという意味なのだろうか。

そのとき、ラスティンは何らかの気配を察して、視線を空に向けた。白き神の御使いである海鳥だ。いつでも気配に気づいたときには、ラスティンの頭上高くを舞っている。

その白い鳥が、いつもよりずっと低い位置まで下りてきて、近くの木の梢に止まった。

コーンと高く鳴く。

——何だろう？

呼ばれているような気がしたラスティンは、立ち上がってその鳥が止まっている木に向かって歩いた。

木の下にたどり着きそうになると、鳥は羽ばたいてラスティンを先導するように飛んでいく。以前、ラスティンを白き神の神殿跡まで案内したときと同じだ。

鳥はそこから離れたところにある乾いた岩山に、ラスティンを連れていった。このあたりまでくると、畑もない。遠くに城壁が見えた。

鳥はそのはげ山の、すでに枯れた木の梢に止まった。木は低く、その鳥の顔がよく見えるほど接近している。

ラスティンが近づくとまたコーンと鳴いた。その鳥の頭が地面を指しているように思えた。

——何？　……何なの？

ラスティンはその御使いの意図を読み取ろうと必死になる。

自分に何かを知らせようとしているように思えてならない。だが、それが何なのかわからない。

ラスティンがその枯れた木の根元に近づくと、鳥は飛び立った。そのまままっすぐに空を舞い、高度を上げていく。

遥か遠いところで、円を描いているのが見えた。

伝えることはすでに伝えたということなのだろう。

ラスティンははげ山に立ちつくして、呆然と周囲を見回した。

地表は硬くひび割れ、岩がゴロゴロしている。

ラスティンは地面からのぞいている岩の断面が白いことに、ふと気づいた。

『尊き白い粉をまくと、とてもよく小麦が育つ』

神官長の言葉が蘇って、ラスティンはハッとした。

ラスティンは手近な枝を手に取り、その岩に突き立てた。

岩は大きく、枝ではどうにもならないかもしれないと思った。だが、何度か枝を突き立ててみると、ぼろりとその一角が崩れる。

さらに細かく砕き、ラスティンは布でそれを包んだ。これはもしかして、白い粉だろうか。こんなところにあるとは思えない。それでも、御使いの鳥が示してくれたのだから、何らかの意味があるはずだ。これを使って、作物がよく実るかどうか、試してみたい。後宮の庭で。

──もしかして、これが解決策になる？　土が豊かになる？

そんな期待に全身がざわついて、落ち着かなくなる。

まだ粉がどういった性質のものか、まるでわかっていない。それでも、もしかしたらという淡い期待が胸に宿る。それは、何も希望がない状況とは違っていた。

──だけど、まだ浮かれてはダメ。しっかり確認しないと。

それでも、王城に戻る足は自然と速くなり、鼓動が乱れていく。

空を羽ばたいていった白い海鳥の残像が、いつまでもまぶたに灼きついている。

白き神の巫女ではあったものの、ラスティンは九歳のときに神殿から逃げ出し、巫女としての役目を何一つ果たせていない。

そんな自分だが、白き神の巫女として役に立てることがあるのだろうか。

六章

ぬくもりなど必要ないと、凶王は思っていた。

何度肉体が滅びたのかわからない。月の初めにガスタインはその肉体をオオワシに捧げ、食われて死んでは蘇る。繰り返す死によって、心はいつの間にかすり減り、死んでいたのだろう。

自分はいつか、自分ではなくなる。ただ血を求めるだけのまがまがしい存在へと変わっていく。

そんな確信が、日に日に強くなった。

かつて望んでいたのは、こんなものではなかったはずだ。

人々を救うつもりが、死に追いやる者となった。ガスタインが率いる兵たちは、次々と死んでいく。母の名や、恋人や子供の名を呼びながら。

ただ一人、ガスタインが取り残される。

ガスタインは近衛隊を率いていた。兵の中でも一番優秀な、忠義厚き者たちだ。ガスタインとその兵たちが駆けつけさえすれば、戦場の状況は優位に傾く。

だが、勇猛果敢な彼らも、戦のたびに死に、または大きな怪我を負って少しずつ欠けていく。いくら補充しても追いつかないほどに。

ガスタインは彼らの顔を一人一人思い浮かべた。今はもういない、冥界に向かった者たちを。

ひどく孤独で、寒さを感じた。

自分が求めていたものと現状とは明らかに異なっている。それでも、ガスタインは歩み続けるしかない。他に道はないからだ。自分が自分でないものに入れ替わったとしても、ひたすらこの道を進み続けるのだろう。

どこで間違ってしまったのか、ガスタインにはよくわからない。

だけど、間違っている。それは確かだ。本心ではもう一歩も進みたくはない。この先に待っているのは破滅だけだ。心が死に、肉体もすでに死んでいるはずなのに、亡霊のようにただ前に進み続ける。

大勢の人に厄災と死をもたらしながら。

最初に冷たさを感じたのは、つま先だった。だんだんとその冷気が這い上がり、ついに心臓にまで達した。身体がそんなふうになったころから、喜びも、悲しみも、怒りも、何も感じなくなった。

このところ何年も、心を動かすことなくただ生きてきた。

なのに。

――温かい……。

ガスタインは、再びぬくもりを感じ始めている。

ラスティンを抱いて眠りに落ちると、そのぬくもりが身体の深い部分に宿る。日中もそのぬくもりが長く残って、内側から凶王を温める。

凍りついていた心臓が溶けて、感情が動き始めていた。忘れていた何かを、思い出しつつある。

――これは何だ？

最初は、とまどいしか感じなかった。

寝所に女を引きこむことはあったものの、それは肉体の欲求に従ったまでのことだ。抱けば飽きて、放り出してきた。

だが、ラスティンだけは違う。彼女が相手だと、不思議と飽きることがない。その柔らかな肉体に溺れ、温かな肌に顔を埋める。熱い身体の奥に楔を打ちこむ。そんなとき、自分は不思議と生きているような感覚を得るのだ。

それは失ってはならない、かけがえのない瞬間だった。

今日も寝所にラスティンを引き入れ、組み敷いてその奥にある淫らな花園を暴く。

まずは指で粘膜を押し開き、複雑な肉の割れ目をなぞった。指が上下に動くたびにラスティンの腰が小さく揺れ、甘い声が漏れた。

「っは、……んぁ、……あ……っ」

まだ声は控えめだ。ガスタインはその声が我を失っていくのを聞くのが好きだ。

そのための方法はわかっている。この身体により強い悦楽を送りこめばいい。

ラスティンが弱い場所も知っている。指があるそのすぐそばの陰核だ。

指の腹にたっぷりと蜜をからめてから、剝き出しにしたその小さな突起をなぞる。軽く押しただけで、大きくラスティンの腰が跳ね上がった。

「っひぁ！　……あ、あ、あ、んぁ、あ……っ！」

ただ触れただけでも、耐えられないといった声だ。おそらく、腰が溶けそうな感触を味わっているのだろう。

きゅっと襞が締まり、透明な蜜が体内から押し出される。もっと感じさせたくなったので、ガスタインはその足の狭間に顔を埋めた。

ラスティンが一番感じるのは、そこを舌で舐めたときだ。

さらにたまらない快感を味わわせたくて、尖らせた舌先で陰核を転がしていく。

悲鳴に近い声が上がった。

ガスタインの髪に、ラスティンの指がからむ。王であるガスタインの髪に、こんなふうに触れる者はいない。ラスティンも普段はそんなことはしないが、我を失ったときに出るこんな仕草が好きだ。

「はぁ！　……は……っ、……っあ、あ、あ……っ」

がくがくっと、抱えこんだ太腿に痙攣が走った。

舌があるところから広がる悦楽が、身体の深い位置まで染み渡っているのだろう。

ほっそりとした全身がわななき、送りこまれた快感をより味わおうとするように動きが止まる。

そのタイミングを逃さず、ガスタインはその陰核の下の花弁に指を伸ばした。

誘いこむようにひくつく襞の動きに合わせて、少しずつ指を体内に押しこんでいく。

ぴたりと閉じていた場所に入ってきた冷たく太い指の感触に、ラスティンの身体がぶるっと震えた。

「つう、……んん、ん……っ」

指を確認するように、きゅっと襞がからみつく。その淫らな感触がガスタインの欲望を煽り立てる。

その襞に自身が包みこまれたときのことを想像して、下肢が硬くなっていく。

呑みこませた指で、襞を引っ掻くようにしながら、陰核を舌先で転がした。

その気持ちよさに、ラスティンの腰がもがくように動いた。

「……はぁ、……はぁ、は、は……っ」

彼女の身体は、欲望に忠実だ。

最初に抱いたときからひどく感じて、ガスタインにしがみついてきた。

抱いていくにつれてますますその身体は快楽を覚え、その反応はガスタインにも愉悦を感じさせるものになっている。

もっと大きなものを挿入して欲しいとばかりに、入れていた指がひくひくと締めつけられた。ガスタインはその体内で指を曲げ、襞を引っ掻くように動かして、淫らな身体の要求に応じようとする。

さらに感じるところを指の腹でなぞると、びくんびくんと下腹が跳ね上がった。そこに、ラスティンの弱点があるのを知っていた。

強く締めつけられてはふわりと緩む襞の反応を快く思いながら、陰核をなおも執拗に舌先で転がし続けていると、耐えられないとばかりにその身体に力がこもった。

「っぁあ！　……あ！　……っあ！」

あふれだす蜜の量が増え、襞のひくつきが増す。

陰核から少しだけ顔を上げてその表情をうかがうと、ラスティンはぎゅっと目を閉じていた。目の端が生理的な涙で濡れ、唇は開きっぱなしになっている。

気持ちがよすぎて、なすがままにされるしかないのだろう。それを確認してもなお、ガスタインは外と内からラスティンの弱いところを刺激し続けた。

「っんぁ、……っあ、……っあああ……っ」

くちゅ、くちゅと、音を立てて陰核がもてあそばれる。たまに吸い上げることもする。同時に中も指でえぐると、ラスティンの腰がわななき、達しそうになる。

それをいなすために、少しだけ身体が落ち着くのを待って、またいじった。新たな快感に、またしてもラスティンの内腿に力が入っていくのがわかる。

――絶頂の、前兆だ。

今夜もラスティンを何度も達せさせていた。それでもより悦楽を送りこみたくて、指でしつこく感じるところをなぞってしまう。

最後に陰核を少しだけ強めに吸い上げると、ラスティンの身体は一気に高みへと押し上げられた。

「っんぁあああ、……んぁ、……んぁああああん……っ」

そのときの彼女の表情ときたら、絶品だ。

弾けた快感に集中するかのように眉を寄せ、少し苦しそうにあえぐ。それから脱力すると同時に、息を弾ませて目を開ける。ぼんやりとガスタインを見る。

この気持ちよさそうな表情が見たくて、執拗にもてあそんでしまうのかもしれない。

入れっぱなしの指が、まだその余韻にひくりひくりと締めつけられていた。この収縮を自分自身で直接感じたくなって、ガスタインは太腿を左右につかみ、足をこじ開けた。

「っあ、……っ、まっ……っ」

しとどに濡れたラスティンの入り口に熱いものを押し当てた途端、怯えたように腰が引かれた。達したばかりの身体に、さらに強烈な快感を送りこまれるのは怖いのだろう。

だが、それにかまうことなく、ガスタインはその体内を貫いた。どうしても衝動は抑えきれなかった。

「っぁ！　……んぁ、……あ、あ、……あ……っ」

ひくつく熱い粘膜を割り開いていくときの抵抗感に、ガスタインは息を詰める。

ラスティンの甘い声を聞きながら、まずは根元まで完全に呑みこませた。柔らかな肉で全長がぎゅっと包みこまれたのを実感しながらゆっくりと引き、また押しこむ。

その繰り返しが、頭を溶かすほどに気持ちいい。

「ふ……」

小さく、ガスタインは息を吐いた。

ラスティンを抱くときには、何もかも忘れてしまう。

きつい粘膜を強引に押し広げるのが最高で、ひたすらそれをむさぼり続けたいという渇望が全てとなる。ラスティンの中に埋めこんでしまえば、後はただがむしゃらに腰を振るのみだ。

「っん、……っぁ、あ、あ……っ」

力強く腰を送りこみながら、ガスタインがずっと見ているのはラスティンの表情だった。快楽に口を閉じることができずにいる。身体の横で軽く腕が折り曲げられ、拳が握られていた。動くたびに、柔らかな双乳が動いた。そのてっぺんの乳首はいつでも桜色に、ピンと尖っている。

その口から、拒む言葉は滅多に漏れない。言葉よりも饒舌《じょうぜつ》に、その表情がラスティンが味わっている悦楽を訴えてくる。

その顔を見ているだけで、ガスタインは熱に浮かされたように腰の動きを激しくせずにはいられない。

「っはぁ、……は、……はぁ、あ……ン……っ」

ぐっぐっと深くまで突き上げるたびに、ラスティンは声を漏らした。

ラスティンの身体が気持ちよくなるたびに、中にあるガスタインのものも絶妙に締めつけられる。だから、ガスタインも無意識のうちにその先端で彼女が感じるところを探してしまう。

ラスティンの頬が快感に紅潮し、きめの細かい白い肌が愛らしい色に染まっていく。突くたびに揺れる双乳が気になってたまらず、ガスタインはそこに手を伸ばした。

やわやわと揉《も》みこみながら、その乳首を指で挟んで潰すと、ひくりと中が締まった。

柔らかな肉の塊がてのひらで弾む感触もいい。張りのある肉は、触り心地も極上だった。

「っは、……ぅ、……はっ、は……っは……」

乳首でもひどく感じるから、そこを引っ張ったりねじったりするたびにラスティンの身体は反応する。

気持ちよくてたまらないのか、自分から腰を突き上げ、それを強く締めつけながらしごくような仕草までしてきた。

本能的な動きなのだろう。より快楽をむさぼろうとする女体の乱れかたに、ガスタインは目を細めた。もっともっと、乱れさせてやりたくなる。

どうしてこれほどまでに、一人の女が気になるのかわからない。女など、欲望のはけ口でしかなかったはずだ。だけど彼女は、自分を温めてくれた。冷たい指を握りしめて、ぬくもりを宿してくれた。

腰を進めるほどに、そこから広がる快感がガスタインを魅了する。ラスティンの膝を押し上げ、当たる角度を変えると、粘膜がぎちっと隙間なく締めつけてきた。

打ちこむたびに、ぞくんと身体が溶けるような感覚に脳が沸騰する。

ラスティンを抱くと、自分がまだ生きているのだと思い出す。毎月、殺されては生き返る贄の儀式の繰り返しの中で、死んでいるに等しい状態にあったというのに。

「ン、……っん、ん……っ」

ラスティンの熱い体内が、ガスタインに生の喜びを思い出させる。愛されて育った過去の記憶が蘇る。

ガスタインは息を切らしながらラスティンの頭の横に手をついた。その身体に覆い被さり、一番深いところまで押しこんでいく。すでにラスティンは何もわからなくなっているのか、なされるがままにあえぐばかりだった。

その顔を、ガスタインは魅入られたように眺めるしかない。

薄く開いていた唇に誘われて、ガスタインはそこを塞いだ。

「っん、……っんぐ、……ふ、ふ……」

ラスティンは、最初は呼吸が妨げられて苦しかったのか、顔を背けようとした。だが、舌を見つけ出してからめると、ラスティンのほうからもからめてくる。

深くまで犯されている下肢の粘膜の動きに合わせて、彼女の舌は動いた。

ガスタインは目をすがめた。

もっとラスティンを乱れさせたい。

この忘我な時間を、ずっと味わっていたい。

そう思ったガスタインは、そのしなやかな腰をつかんでうつ伏せに押さえこんだ。つながったままだったから、ラスティンはその形でぐるりと体内をえぐられてうめく。

「っひぁ、……っあ、あ、あ……っ」

美しい背中を引き寄せ、腰を強い力で支えながら、ガスタインはたくましい動きで打ちこんだ。えぐるたびに、その身体が小さく震える。

角度を変え、打ちこむ速度や深さも変えて、新たな快感を紡いでいく。

「っん、……ぁ、……あ、あ……っあ……っ」

粘膜が柔らかく締まって淫らにからみつく。ラスティンが感じると、ガスタインも感じる。それは、今まで知らなかった一体感だった。戦いに血をたぎらせているときを上回る、圧倒的な悦楽。

どうしてラスティンだけが特別なのか、わからない。自分の気持ちがつかめないまま、ガスタインはただ悦楽に溺れていく。

「っん、……ぁ、あ……っあ……っ」

腰を満たす快楽が深く重たいものに変化し、ラスティンの襞のうごめきも複雑なものに変わった。それを察して、とどめを刺すように深くまで何度も叩きこんだときだった。

「っはあああ、……ぁあああ……っあ……っ」

大きくラスティンの腰が跳ね上がり、絶頂に至ったときの甘い声が響く。ラスティンが快楽の波にさらわれたときの、何度にも分けて締めつける絶妙な襞のうごめきには逆らう術がない。ガスタインもその襞の蠢動《ぜんどう》に導かれて、絶頂までたどり着く。

たっぷりと注ぎこみ、ラスティンの身体を仰向けにひっくり返すと、その口の端から唾液が滴るのが見えた。

まだひくつきが収まっていないのを感じながら、その身体を正面から抱きしめる。

彼女にほとんど意識は残っていないようだった。

――だけど、……温かい。

愛おしい。

そんな感覚が自分の中から湧き上がってきたのを味わいたくて、ガスタインは動きを止めた。

――愛おしい。

それは、今のガスタインにとってかけがえのない温かな感情だった。遥か昔に失った、胸をジンと痺れさせる感覚を、見失わないようにしっかりと胸に抱えこもうとした。

ガスタインはラスティンの身体を正面から抱きすくめる。彼女の胸が荒々しく上下して、空気を吸いこむたびに、唇がかすかに動く。そんな仕草を見ていると口づけたくなって、ガスタインはその唇を塞いだ。

「っふ」

舌と舌とがからむ。ラスティンの舌の根が特に温かい気がして、そのあたりを集中的に探ってしまう。あふれてくる唾液をすすり、飲み下す。それはひどく甘く、愛おしく、ガスタインの身体を内側から温める。彼女からは、ひどくいい匂いがする。

——この娘は、何なんだ……？

自分にとってかけがえのないものだという思いが、確信へと変わっていく。

彼女はガスタインを変化させる。かつてあった記憶を呼び覚まし、ガスタインの中に残る『人』の心を蘇らせようとしてくる。

失うわけにはいかなかった。

だが、ラスティンについて報告を受けていた。

ラスティンは侍女の服を着て、王城から抜け出したそうだ。市街地を抜け、街の外に出た。そして畑の土に触れ、それからはげ山に向かい、もろい岩を砕いた。

——何をしている？　ラスティンは。

ラスティンが白き神の神殿の廃墟をうろついていることは知っている。そこでぼうっとしながら、壁に残ったフレスコ画を眺めたりもしているそうだ。その頭上には、白い鳥が舞っているときもあるらしい。

白き神の神殿は、かつてガスタインが滅ぼした。

禍つ神がガスタインの身体を操って、命じさせた。禍つ神がそこまですることは、滅多にない。それだけ白き神は、禍つ神にとっては恐ろしい存在なのだろう。

白き神が禍つ神を長い間封印してきたことを思えば、それも納得がいく。気づいたときには、ガスタインは燃え上がる白き神の神殿を眺めていた。

あの白き神の神殿の中に、幼いラスティンはいたのだろうか。生きているのを思えば、いなかったのか。

――……ラスティンは、白き神の加護を受けている。

ラスティンこそが、自分を滅ぼしてくれる者だ。禍つ神に支配され、完全にガスタインが我を失わないうちに、救って欲しい。

必死で禍つ神に支配されまいと、あがいてきた。だが、それも限界だ。禍つ神を野放しにしてしまえば、おそらくこの国にこれまで以上の厄災が降りかかる。そうなる前に、自分ごと禍つ神を滅ぼしたい。

――禍つ神を滅ぼす方法はあるのか。

そんな中で、ラスティンはガスタインにとって唯一の希望だった。

白き神の関係者である彼女ならば、禍つ神を滅ぼす方法を知っているかもしれない。それに、ガスタインに人の心を呼び覚ましてくれる。

ガスタインはラスティンを抱きすくめ、ベッドに身を預けた。目を閉じ、自分に寄り添わせたラスティンの重みや感触を、精一杯感じ取ろうとする。ただ彼女がそこにいるだけで満たされた。呼吸のたびに、その柔らかな胸乳が触れるのも心地よい。

――ラスティンはここで、何をしようとしているのだ……？

わからない。だけど、ラスティンがしようとすることを手助けしたかった。そのためにガスタインにできるのは、ラスティンを自由にさせておくことだけだ。城壁の外に出たラスティンが簡単に戻ってこられたのも、ガスタインが見張りの兵士にそう命令していたからだ。普通ならそれほど簡単に城に入りこむことはできない。

ラスティンはおそらく白き神の使命に従い、自分を滅ぼそうとしている。白き神の力を借りて、ガスタインに破滅をもたらしてくれる。

そして、ガスタインが救えなかったこのラヌレギア王国を救ってくれるかもしれない。

それは、甘美な夢想だった。どこまでその夢はかなうのか。民が餓えず、戦いもない国のありようは、両立するのか。

閉じたまぶたの裏に、黄金色に輝く穀物の畑の景色が浮かんだ。

豊かな実りが欲しかった。喉から手が出るほどそれを欲していた。戦いによって豊かな地を征服しても、麦の穂は枯れていく。

おそらく、ガスタインが身に宿した禍つ神の仕業だ。血を欲する禍つ神は、戦をやめさせてはくれない。民を養いたければ、さらなる富を他国から奪うしかないと突きつける。

――だけど、ラスティンがいれば。

豊穣の象徴である白き神の加護によって、麦の病気は消え失せてくれないだろうか。

夢想は止まらない。何もかもうまくいくはずはないとわかっているのに。

――だから、邪魔をするな。

ガスタインは身のうちから這い出そうとする禍つ神を制した。

ある程度は、禍つ神の好きなようにさせてきた。だが、ラスティンに関してだけはそうはさせない。この命が続くかぎり、己の持つ全ての力でラスティンを守る。

ぬくもりを分けてくれるラスティンがたまらなく大切で、愛おしかった。

鼻孔の奥がツンとする。

隠し戸の石材越しに聞こえてきた両親のいまわの際の悲鳴や、ごぶごぶとした血の流れる音が、耳の奥に蘇る。

あんなにも命がけで自分を守ってくれた両親の思いに、今ならとても共鳴できた。

人にはどうしても、守りたいものがある。

それを守るためなら、何を捨ててもいい。

そのように願う熱い心が、今のガスタインには宿っていた。


――月に一度。新月の夜。

ラスティンの寝所にやってきていたガスタインを呼ぶ声が、聞こえてきた。

「陛下。……ガスタイン陛下」

うとうととしていたラスティンは、そのささやきに目を覚ます。

だが、あらかじめ呼ばれることを知っていたかのように、ガスタインはベッドから起き上がり、その外側へと降り立った。裸体にガウンでも羽織っているらしい。

ラスティンは半分眠ったまま、彼の気配を探る。

——何？

今まで、深夜に誰かがガスタインを呼びにきたことはなかった。新月だから室内は暗く、外も真っ暗だ。こんな時間にガスタインはいったいどこに行くのだろう。

ひどく胸騒ぎがした。

——まだ、……いて欲しい。

引き止めたい。そうしなければならない。そんなふうに思うのに、目をしっかり開けることもできないでいる間に、ガスタインが部屋の外へと出て行くのがわかる。

足音がほとんどしなかったから、裸足なのではないだろうか。

冬が近づき、石造りの後宮は朝晩、とても冷えこむようになってきた。なのに、ガスタインは裸足でもまるで冷たさなど感じてはいないのかもしれない。

王のその姿に、廊下にいた者が靴などを用意しようと慌てている様子が伝わってきた。だが、それを待たずにガスタインは廊下を歩いていったようだ。

ラスティンは扉の前の気配が消えるのを待って、ベッドから起き上がった。どこに行ったのか知りたい。その後を追っていきたい。

ガスタインがどこに出かけるのか、心当たりもあった。

――新月の夜。……アレが、……禍つ神が、陛下の身体から出てくるって。

禍つ神など見たくもないし、相対するのは怖い。このままベッドで丸まっていたかった。

だけど、何が起きているのか、この目でラスティンは確かめなければならない。

ラスティンも慌てて裸体の上に分厚いガウンを着こみ、フェルトの靴を履いて、そっと回廊に出た。

――寒……。

外気が肌をかすめ、身体がすくみ上がる。

どうにかガスタインの姿を、回廊の先に見つけた。彼らが持っていたランプの光がちょうどいい目印になった。あたりは真っ暗だから、ラスティンは見つからないだろう。どうにか目を凝らして、壁の石材に手を添えて足元を探りながら後を追った。

二人は後宮の回廊をその突き当たりまで歩いた。それから、一番奥の扉をくぐって姿を消した。

そこにはいつも兵が立っていたから、ラスティンは使ったことがない。だが、今日はあらかじめ人払いをしてあるのか、誰もいない。

扉が閉じてから、ラスティンは急ぎ足でそこに向かい、音がしないように全身を使って押し開けた。その向こうには、真っ暗な後宮の庭が広がっている。白き神の神殿もここにある。

ラスティンは左右を見回した。

ランプの光を見つけた。それによって、二人が向かっている方向はわかった。

ラスティンは一歩一歩足元を探りながら、歩を進める。白き神の神殿に至る道なき道とは違い、彼らが進む道はちゃんと煉瓦で舗装されていた。

歩きながら、ガスタインと交わした言葉を思い起こす。

『その黒いヒトガタは、陛下の中に？』

禍つ神に取り憑かれたときの話だ。

『ああ。ずっと、俺の腹の中にいる。……いや、月に一度だけ出てくるときがあるな。月の初め、――新月の夜に』

――今日、その禍つ神が、陛下の腹の中から出てくるの？

それは、どんなふうなのだろう。

ガスタイン王は壺の封印を破って、禍つ神をその身に宿したという。

凶王がひたすら戦いを続けるその理由は、民を餓えさせないためだ。

ガスタイン王が戦いを止めたら、国は深刻な食糧不足に陥り、餓死者も出るだろう。

――戦いを止めたい。だけど、止めたら、食べ物が足りなくなる。どうすればいいの？

禍つ神が求めるまま、戦いを続けるしかないの？　やっぱり使命のとおり陛下を殺すしかない？

残虐非道に見えて、ガスタインからは何か祈りのようなものを感じる。よく、ラスティンを見つめているのに気づく。ガスタインと触れあっていると、不思議なほど心が震えた。彼に寄り添い、口づけたくなる。

そのひんやりとした身体を、温める術はないだろうか。

――陛下は、何かを私に求めてる。

それをラスティンは感じ取っていた。

それが何なのか、まだわからない。それでも、ガスタインとの間にかけがえのない絆《きずな》が結ばれていくのを感じつつある。

――私の錯覚じゃなければ、いいけど。

踊り子たちから、恋をするとどうなるのかについてさんざん聞いた。とかく恋というのは相手を無視して、勝手に高まりやすいらしい。

自分がガスタインに恋しているわけではないと思いたい。冷静さを保っておきたい。だけど、これだけ肌を重ね、身体が馴染んだことで、情のようなものを感じ始めていた。彼のことを、かけがえのない存在だと思い始めている。それでも、情に流されるわけにはいかない。全ての元凶のガスタインに宿った禍つ神を滅ぼすまでは。

だが、ラスティンは、その手段すら手に入れてはいなかった。ずっと白き神の神殿の廃墟で、禍つ神を滅ぼすことができる短剣を探しているのに、どんなに床石をひっくり返しても見つからない。

――もしかして……神官長が私に託したものは、誰かに持ち去られてしまったの？

床石をさんざんひっくり返したせいで指が切れたり、血豆ができたこともあった。ガスタインがふとそのラスティンの手首をつかみ、指の傷に目を留めたことがある。

――あのときは肝が冷えたわ。

追及されると身構えたのに、ガスタインは何も言わなかった。

何もかも見透かされているような恐怖が、ラスティンの背に張りついている。だけど、もはやどうしようもない。ひたすら突っ走るしかないのだ。

ガスタイン王の思いを知ってしまうと、彼を殺すのが正しいことなのかすら、わからなくなる。

ガスタインを殺したら、国は荒れる。

玉座を巡って諸侯が戦い始め、征服した異民族も反旗を翻すだろう。

食べ物だって今までどおりには行き渡らなくなるはずだ。そんな中で民は生きていけるのか。

――どうすればいいの？　この前に見つけた、白い粉は役に立つ？

まだ日が浅すぎて、肥料としての効果はわからない。

何も知らずにガスタイン王への復讐心に駆られていたころとは、まるで事情が違っていた。

何よりラスティンは、解決法を見つけられない。せめて、考えるための材料を集めたい。真っ暗な道をどうにか躓《つまず》かないように歩き、ラスティンはガスタインへ心を馳《は》せた。

気まぐれなのか、ガスタイン王があるときラスティンに宝飾品を渡したことがあった。美しい宝石がまばゆく輝くネックレスだ。ラスティンが見とれなかったはずがない。

それでも、これは戦利品だとわかっていた。殺された貴婦人の亡骸から抜き取られた血塗れのそれが、脳裏に浮かぶ。

だから、ガスタインがソファに座るラスティンの背後に回り、ずしりと重いそのネックレスを首にかけてくれたとき、ラスティンの身体は思わず強ばった。

ガスタインは気配に聡い。

ラスティンの反応やその理由まで、彼はおそらく読み取ったのだろう。ガスタインは繊細な少年のようにまぶたを伏せ、ネックレスをラスティンにつけようとするのはやめて、近くのテーブルの上に置いた。

それから、ラスティンの膝にごろりと頭を預けて寝転び、ため息をつくように言った。

『いらぬか。このようなものは』

その姿が傷ついた少年のように思えて、今でも思い出すときゅうっと胸が痛くなった。ガスタインが自分を喜ばせようとしてくれたのはわかる。ただ、その方法が間違っているだけなのだ。

だから、ガスタインの頭にそっと手を回し、上から抱きしめるように身体を伏せながら、ささやかずにはいられなかった。

『何も、いらないのです。陛下がここに来てくださるだけで』

それは本心だった。

いつしか、ラスティンはガスタインの訪れを心待ちにするようになっていた。会っても、愛の言葉を交わすわけではない。会話だって、あまり多くはない。

それでも、ただ同じ空間にいるだけで満たされた。彼と一緒にいられる日々が変わらずに続くことを、心の中で願うようになっていた。

——やっぱり、……恋してしまったのかしら。

横暴で冷徹非道に見えるのに、その奥には少年のような彼がいる。

ラスティンはガスタインたちが向かったほうに、一歩一歩歩き続けた。

視界を遮っていた大きな木を回りこんだとき、彼らの目的地がわかった。

そこにあったのは、黒い神殿だった。

白い大理石で造られているくせに、闇の中でなお一層黒々と見えるほどに、そこは黒い靄に覆われていた。まがまがしい気配を放っている。

誰に教えられなくとも、そこが禍つ神の神殿だとわかった。以前、ここを遠く回廊から見たことがある。ガスタインが『私的な礼拝所』と言っていたのではなかったか。

警戒しながら近づいてみる。黒い神殿は、白き神の神殿と完全に同じ造りのようだ。

張り出したエントランス。それから、回廊や、壁の造り。もちろん、白き神の神殿のように崩壊してはおらず、まださして月日を重ねていないようにも思えた。

扉は開け放たれて、見張りもいない。だから、その入り口に立つことは容易くできたが、一歩踏みこんだ途端、ラスティンは濃厚な気配に息を詰めた。

――これは……っ。

生々しい、おぞましいものの気配があった。これほどまでに、禍つ神の存在を鮮明に感じたことはない。その気配の異様さに、ラスティンは全身をすくみ上がらせた。

このまま逃げ帰りたくなる。今日は月が空になく、白き神の加護のない危険な日だ。それでも今日を逃したら、きっと禍つ神を目にすることはかなわない。月のない新月の夜にだけ、禍つ神はガスタインの腹から現れると聞いていた。今夜、何かが起きる。

――うう。……怖い。……逃げ出したい。

背筋が冷えきり、震えがこみ上げてくる。それでも、ラスティンは勇気を振り絞って神殿内に入った。

内部の凝《こご》った闇は、息苦しさまで感じさせるほどだった。

室内は暗く、あかりもない。白き神の神殿跡に出入りしていたラスティンでなければ、手探りで歩を進めることはできなかったかもしれない。

詰めていた息を吐き出したのは、祭壇にほのかにあかりが見えたときだ。

ラスティンは気を引きしめた。

このまがまがしい気配は祭壇から漂っているとばかり思っていた。だが、祭壇に近づいてみると、どうやら違うとわかってくる。

頭の中に尖った爪を立てられるようなキリキリとした気配が漂ってくるのは、その先だ。

——何があるの？

ラスティンは祭壇を回りこんだ。

祭壇の裏側に、下に向かう階段がぽっかりと口を開けている。その階段は、数段下りたところで扉に阻まれていた。こんな構造は、白き神の神殿にはなかった。

ラスティンは怯えながらもそこまで下り、扉に手をかけた。

施錠されていなかったので、音がしないように慎重に開いていく。

そこからは、さらに地下に向かう階段が伸びていた。吹き寄せてくる空気は、まともに呼吸ができないほどの腐臭を帯びている。

——お墓があるの？

最初はそう思った。数十体、数百体の、腐乱した死体が積み上がっているとしか思えないおぞましい空気だったからだ。

だが、すぐにこれは現実の臭いではないと気づいた。

そこにいるのは、よくないものだ。人がそれに近づいてはならない。すぐに逃げろ。そんな本能的な警告がガンガン頭で鳴り響く。ろくでもないものがそこには巣くっている。

――逃げ……なきゃ……。

震え上がる。ここにいてはならない。死んでしまう。殺される。

だが、この奥にガスタインがいるはずだ。

何度も交わった、愛しい肉体が。その身体に巣くっているものを、ラスティンは見定めなければならない。それができるのは、今夜だけだ。

――ガスタインのため……。

不意に自分の中に浮かんだ言葉に、ラスティンはとまどった。

心はたまに理性を裏切る。ふとした隙に本心がのぞいてしまう。

――そう。陛下のため。……あのかたを、……救いたい。

それはラスティンの願いでもあったし、ずっと抱えこんでいた復讐をかなえる方法でもあるはずだ。

ラスティンは足がガクガクと震えるのを感じながら、転ばないように膝に力を入れて、手を壁に添えた。一歩一歩階段を下りていく。

今日を逃せば、もうチャンスはないかもしれない。命など捨てるつもりで、王城にやってきた。自分の身の安全など、二の次でいい。ガスタインがこの先にいる。ひたすらその姿を探していた。

だが、一段下りるごとに全身の毛が警戒に逆立つほどだった。闇がますます深くなる。その闇の中に、よくないものが巣くっている。その確信が一歩ごとに強くなる。

それでもラスティンは歩みを止めなかった。

地上のあかりが完全に届かなくなったころ、次のあかりが灯っていた。らせん状になっている階段に沿って、等間隔であかりが灯されているらしい。

自分がやたらと広い空間を下りていることは、足音の反響からわかった。深い穴の壁沿いに作られた階段を、ラスティンは下りている。

息をするたびに闇が身体の中に入りこみ、手を添えた壁の冷たさに指先がジンと痺れた。吐く息が、白さを帯びていく。

ひどく冷たい。ここは、生きるものの世界ではない。冥界に近い。

ようやく階段が終わり、足が平らな面を踏んだ。

だが、その広い洞窟の底の中心にはさらなる深い穴がぽっかりと開いていた。その穴は地の底まで続いているように思える。そこから冷気とともに、おぞましい気配が這い上がってくる。

その穴を見下ろしただけで、ざわりとうなじの毛が逆立った。その穴を下りていく階段はない。ラスティンはぐるりと周囲を見回した。

ガスタイン王がどこにいるのか、知りたかったからだ。

闇に目が慣れてきたから、自分が下りてきた階段に沿って等間隔に灯っていたあかりだけでも、ぼうっと周囲の様子がうかがえる。

今いる空間は、おそらく王城の大広間よりも広いだろう。

そのとき、ラスティンの耳に聞こえてきたのは、大きな羽音だった。

「……っ！」

息を呑む。

何かが舞い上がったような風圧を感じて上を振り仰げば、階段に灯るあかりがその正体を浮かび上がらせた。

部分的にしか見えなかったが、羽音とその輪郭から、人の何倍もある大きな鳥だとわかる。

その瞬間、ラスティンの頭に浮かんだのは、禍つ神の化身のオオワシだ。

オオワシが降下してきたので、恐怖に立ちすくんだ。だが、オオワシはラスティンに全く注意を払うことなく、この広い地下の空間を悠々と飛んでいく。

ラスティンとは穴を挟んでちょうど真向かい、冥界まで続くような穴の近くに、大きな岩があった。そのてっぺんに、巨大なオオワシが止まる。

その岩のところに誰かがいるように思えて、ラスティンは目を凝らした。

そこにはやはり人影があった。手は頭の上の枷につながれ、身じろぎもままならないらしい。

オオワシは岩から飛び立ち、中空に羽ばたきながらその人物の正面に回りこみ、巨大なくちばしを脇腹に近づけた。それから、その皮膚ごと肉をこそげ取る。

「っぐ……！」

苦痛のうめきが聞こえる。

ラスティンも悲鳴を上げそうになった。だが、やっとのことで声を押し殺した。

悲惨すぎる光景に、見ていられない。だが、オオワシに気づかれないようにしながらも、ラスティンはよりはっきりと見える方向に回りこんだ。

その人物は目隠しをされており、顔はそれによって隠されている。だが、そのたくましい体軀と、さらけ出された胸元から腰につながる身体のラインをラスティンは知っていた。

——あれは、……陛下では？

気づいた瞬間、叫びだしそうになった。

その身に禍つ神を宿す王が、どうしてこのような責め苦を受けているのだろうか。

ラスティンの視界の先で、ガスタイン王は内臓を引きずり出され、それをオオワシに食われていく。このままでは死んでしまうかもしれない。

――ダメよ、そんなの……！

恐怖と怒りで一杯になって走り始めたが、ガスタインがいる岩までは距離があった。それが、果てしない距離に思えた。

助けたい。ボロボロと涙があふれた。

この身を代わりにオオワシに捧げてもいい。とにかくガスタインの苦しみを、一瞬でもいいから軽減させたい。

気持ちばかりが焦った。大切な人がいなくなってしまう。

大切な人を失ったときの喪失感を、ラスティンは嫌というほど何度も味わってきた。

ガスタイン王の口から漏れる低いうめきが、内臓をむさぼられる音とともにラスティンの耳に届く。苦痛のあまり彼はひっきりなしに身体をひねっていた。鉄鎖が鳴り響く。

生きながらにして、ガスタイン王は内臓をむさぼり食われているのだ。

――早く早く、……助けないと！

その思いに支配されていたが、足は思いよりも愚鈍な動きしかしない。

そのとき、不意に真横から抱きとめるように、腹に手がからみついてきた。

ラスティンは進むのを阻まれてもがく。

ラスティンを引き止めたのは、ガスタイン王の部下のようだ。ラスティンの寝所に迎えにきた男だろうか。

「やめ――」

ラスティンは身体をひねった。止めないで欲しい。

そう思ってがむしゃらにその腕を振りほどこうとした。だが、叱責するように言われる。

「陛下は望んで、あのようなことをされているのです」

――望んで……？

ラスティンは驚いて男を見た。

その間も、ガスタインが内臓をむさぼられる音は響いていた。

ガスタインの腹腔内が空になったころ、満足したようにオオワシは血に塗れたくちばしを上げ、ばさりと中空に舞い上がった。その空で姿を黒いヒトガタに変え、ガスタインの腹部に入りこむ。

残されたのは、大岩に身体をつながれたガスタインだけだった。

腰に布を巻いただけのガスタインに男が近づき、その身体をマントで包みこむ。それから、鉄の枷でつながれていた手首を解放して抱き上げた。

ガスタインは大柄で、筋肉質の身体は重そうだ。だが慣れているのか、男はこともなげにその身体を背負い、長いらせん状の階段を上がっていく。

ラスティンも、彼の後を追った。

この地下の空間を満たしていた、まがまがしい気配は薄れていた。それは、禍つ神の気配であって、それごとガスタインの身体に入ってしまったからだろうか。

ガスタインは意識を失っているようだ。顔からは完全に血の気が引き、唇の端からは血がにじんでいた。その姿に、ラスティンは痛々しさを感じてならない。

男の後を追って階段を上がりながら、ラスティンは問いかけた。

「どうして、……陛下はあのようなことをなさっているの？」

声は真っ暗な空間の中で響く。この世に生きているのは、ラスティンとこの男だけのように感じられる静けさだ。

たくましい体躯をした男は、力強く階段を上がりながら、息も乱さずに答えてくれた。

「陛下があのように身を投げ出さなければ、神は血を欲して、城下へと向かわれます。以前、陛下が戦のためにこの儀式を行わなかったときには、新月の夜に、若い男が十人死にました」

——十人？

生贄を欲する神はいる。白き神はそうではなかったが、禍つ神はそうなのだろう。

「陛下は、十人の人間の身代わりとなっているの？」

「陛下の御心を推察するのは恐れ多いことですが、……おそらくは」

だが、いくら不死身であっても苦痛がないわけではない。それは、内臓をむさぼられている最中に、ガスタインが漏らした声から伝わってきていた。

それに、苦しげに身体をひねる姿や、鎖を鳴らす音などを思い出すと、ぞくぞくと震えてくる。ラスティンは自分の腹が食い破られたような痛みを覚えてしまう。

――何て、……人なの……。

民を殺させないために、ガスタイン王はオオワシにむさぼられる苦痛を我が身で引き受けているのだ。

ラスティンは歯を食いしばった。そうしないと、とめどなく涙があふれそうだったからだ。

国の安寧を願い、民を餓えさせないようにするのが施政者の仕事だというガスタインの言葉を、今までは単なるお題目としてしか受け止めていなかった。

だけど、その思いは本物だ。

ガスタイン王は身を挺《てい》して民を守ろうとしている。なのに、その身のうちには禍つ神が宿っている。

——禍つ神と陛下はどんな関係なの？　どうして、あんなことをしなければならないの？

痛々しくて、見ていられない。この苦痛からガスタインを解き放ってあげたい。

そんな願いが、ラスティンの胸を一杯にさせた。

「陛下がこの儀式をされておられるのは、神が血と肉を欲しておられるからです。太陽の神である陛下のお身体には、大いなる力が宿っておられます。その身体がなければ、神を神域に押しとどめることはかなわない」

『——俺の、……民だ……』

ガスタインの声が、聞こえたような気がした。

王は民に対して、責任を持つ。

ガスタインの強い思いに触れたような気がして、ラスティンはますます歯を食いしばった。それでも、ぼたぼたと涙がこぼれる。歩くたびに、階段にその涙が落ちた。

時間をかけて階段を上がり、地上までガスタインを連れ戻した男は、黒い神殿の沐浴所《もくよくじょ》にガスタインを連れていった。そこで血に塗れた身体を丁寧に洗う。

オオワシについばまれ、裂けて中身を見せていた皮膚は、そのときには綺麗に戻っていた。おそらく、引き出された内臓も元どおりになっているのだろう。

だけど、目覚めるまでにはまだ時間が必要なようだ。

その身体が大理石の台に置かれたところで、ラスティンは決意とともに申し出た。

「私が付き添ってもいいかしら」

「はい」

男はうなずいた。

「陛下が目覚められたら、ご一緒に後宮にお戻りください。……夜明けまでには、目覚められましょう」

それだけ言って、男は出て行く。

ラスティンはガスタイン王の目が覚めるまで、付き添うことになった。

黒い大理石の台の上に、ガスタイン王は全身をマントですっぽりとくるまれて、横たえられている。剝き出しにされた顔は、死人のごとく青ざめていた。とても血の気が戻るとは思えない顔色だ。

だけど、こんなふうに表情が失われると、その顔立ちの端整さが際立つ。黒い大理石の台座も相まって、王城にある精巧な彫像のようにも見えた。

その男らしくそげた頰を、ラスティンはてのひらで包みこんだ。あまりにもひんやりとしていたので、屈みこんで血の気のない唇に口づけ、体温を確かめずにはいられない。

唇が冷たく呼吸もほとんど感じられなかったので、死人に口づけたような気分になった。

この身体からすでに命が失われているようにさえ感じられて、ゾッとした。こんなにもガスタインの死に恐怖を覚えるぐらいだから、自分は彼を殺せない。いくら使命を果たさなければならないとしても。

そのことが認識できた瞬間、ラスティンの身体から力が抜けた。床に膝をつき、ガスタインの頭を掻き抱く。

自分が思いを背負ってきた人々の顔が脳裏に浮かんだ。

――ごめん。……ごめんね。

ずっとガスタインを殺すために生きてきた。だが、何かが違ってきている。

ラスティンは誰よりもガスタインを救いたくなっていた。この愛しい人を――愛しくて憎い人を、地獄から救いたい。

そのためには、何をすればいいのだろうか。


ガスタインが目を覚ましたとき、柔らかな身体にすっぽりと抱きすくめられていた。

その感触はいつもと同じだったが、何かが違っていた。

目を開いたとき、すぐに違和感に気づいた。見える景色が、まるで違っていたからだ。

黒い大理石に囲まれた無機質な室内に彼はいた。

最近、ガスタインがすっかり入り浸っていたのは、ラスティンの寝室だ。柔らかなベッドには、心地よい弾力のマットが備わっている。そして、すぐそばにある温かいラスティンの身体。

横たわっていたのは硬い大理石の上だったから、自分が何をしていたのかを思い出した。

――そうだ。……新月の……。

ひどい倦怠感《けんたいかん》があるのは、アレに内臓をむさぼられた後だからだ。どれだけ肉体が損なわれようと、数時間も経てば元に戻る。だが、まともに歩けないほどの倦怠感が残る。

人前では何でもないふうに振る舞うことぐらいはできていたが。

――あまりに身体から血を流すと、元に戻るまでしばらくかかる。

それは、経験からわかっていた。

――だが、どうしてラスティンが、ここに……？

身じろぐと、ラスティンが無意識にすり寄ってくる。その身体を抱きしめ、頭髪に顔を埋めて、かぐわしい匂いを嗅ぐ。

ラスティンからは、いつでもいい匂いがした。きっと彼女が、白き神の神殿の関係者だからだ。

白き神について、ガスタインはいろいろ調べていた。

ラスティンが見つけた白い粉についても、学者に調べさせている。その学者とのやりとりを思い出した。

『白き神の御使いは、白い海鳥です。その昔、この王都は海にずっと近く、あの海鳥が群れ住む断崖があったとか』

ラスティンが王都の郊外に向かったとき、その頭上を白い鳥が飛んでいたそうだ。

おそらく、この粉はその海鳥が住んでいたところのものだろうと、学者は言っていた。

白き神は豊穣の神であり、白き神の恵みは白い粉によって、人々にもたらされる。そんな記載を、ガスタインは見つけていた。白き神の恵みとは、大地の豊かな収穫だろうか。

古き伝承は、古代の真実を伝えることもある。

それが本当であったならば、大きな問題が解決するかもしれない。

すでに不思議なほどに、ラスティンに心をつかまれていた。彼女のぬくもりが心や身体の隅々まで染みこみ、いつでもそのぬくもりを欲してやまない。その身体に寄り添い、まどろんでいられたら、それに勝る幸福はない。

ラスティンは特別だった。

ラスティンが浮かべる表情に、引きこまれて息が止まる。その声が心地よい。柔らかな身体を、いつまででも抱きすくめていたい。

彼女と一緒のときには、周囲から余計な音や光が消え、ラスティン以外は見えなくなる。

ラスティンが自分にかまってくれるのが嬉しい。抱きしめてくれると、胸がふわっとする。だから、彼女にもその幸せを返してあげたいのに、ガスタインはそれらに成功したためしがない。

――宝石も喜んではくれなかった。

むしろ、失敗した。あのようなものでラスティンの気を引くことなど、無理だとわかっていたのに。

――何なんだ、この感情は。

とまどいと、喜びがある。

ずっと無感動でいた自分の心が、ラスティンと会って息を吹き返した。

だが、ガスタインにそこまでの特別な変化をもたらすラスティンの存在が、禍つ神にとっては脅威だと薄々感じ取ってもいる。

ラスティンをさっさと片付けろ。殺して、冷たくなったその骸を捨てろ。そのような要求を身の内から感じる。

禍つ神にとっては、ガスタインが人の心を取り戻すのは許しがたいのだろう。長い時間をかけて、太陽の神の化身であるガスタインの身体を乗っ取り、人の世に現れようとしていたのだから。

それが中途までうまく運んでいるというのに、今さら邪魔をされたくないに違いない。

だが、絶対にラスティンは殺させない。

彼女のぬくもりを失い、その笑顔を見ることができなくなり、話しかけてくるその声の響きが永遠に途絶えてしまうことを思っただけで、その喪失に耐えられない。

——ラスティンは俺に、何かをもたらす。

ガスタインの身体に取り憑いた禍つ神は、早々に白き神の神殿を滅ぼした。

それでも、ラスティンはその虐殺を生き延びた。

彼女が自分を憎んでいるのはわかる。その理由もわかっている。隠そうとしていても、最初に自分を見据えた目には抜き身の刃を思わせる殺気があった。白き神の神殿の生き残りならば当然だ。

ガスタインはその口で、白き神の神殿を焼きつくせと命じたのだから。

——彼女は俺を滅ぼす者だ。早く滅ぼして欲しい。俺が——俺の中にいる禍つ神を抑えこむことができている間に。

ガスタインは少し上体を起こし、大理石の台に手をついて身体を支えた。すぐそばにあったラスティンの上に屈みこんで口づける。

彼女は深い眠りに落ちていたようだが、口づけを二度、三度と繰り返すと、うっすらと目を開いた。

ラスティンと寝た当初には、こんな表情は浮かべてくれなかった。目覚めた瞬間に、ガスタインを見てかすかに微笑んでくれるのが嬉しい。胸にほわりと、柔らかなものが宿る。

寝ぼけた状態でそんな笑顔になってくれるのだから、少しぐらいは自分に好意を持ってくれていると、思い上がってもいいのではないだろうか。

——これっぽっちの好意でいい。

寝起きに、微笑んでくれるぐらいの。

それ以上は望まない。許されようとも思っていない。ガスタインはそれだけの行為を重ねてきたのだ。

ラスティンは何度か瞬きをすると、不思議そうに周囲を見回した。とまどいが、その愛らしい顔に浮かぶ。それから、ここがどこだか思い出したのか、焦ったように上体を起こして、いたた、と小声でつぶやいた。背中や腰が痛いらしい。

「硬いところで眠ってしまったから、少し身体が痛いですね」

二人が横たわっていたのは、冷たい大理石の台の上だ。ガスタインはラスティンが眠っていた場所に手を這わせた。その石は彼女の体温でぬくもっていた。そのことに、少し胸がチリッとする。

だが、すぐに石に嫉妬するのは何事だと苦笑を浮かべた。

ラスティンはその苦笑の意味がわからなかったらしく、何度か瞬きをした後で、ガスタインを心配そうに見つめた。

「お身体のほうは」

けだるくて、すぐにでも横たわりたいぐらいだが、ラスティンの前でそのようなぶざまな姿は見せられない。ガスタインは精一杯見栄を張って、何でもないふりをした。

痛ましそうな目を向けられたのは、あの新月の儀式を見られたからだろうか。黒い神殿に向かう途中で、ガスタインは自分を追ってくる気配を察していた。

――ここに忍びこむとは、勇気があるな。

この神殿は、普通の人間でも感じ取ることができるほどのまがまがしい気配に満ちている。特に、あの地下の空間はそうだ。警備などつけなくとも、あそこに踏みこもうとする者はいない。

だから、誰に後をつけられようと、気にしてはいなかった。

ガスタインは手を伸ばし、同じく身体を起こしたラスティンの頬を指先でなぞった。

ガスタインの指先は、いつも以上に冷たくなっていた。触れるだけでラスティンを震えさせてしまうが、彼女に触れているだけで、ガスタインは安らぎを覚える。

心がふうっと軽くなり、くすぐったいような胸の疼きがじわりと全身に広がっていく。

彼女に滅ぼされたい。その最期のときがくるまで、ずっとそばにいて欲しい。

願わくば、その最期の瞬間にラスティンの顔を瞳に宿して逝《い》きたかった。

こんなふうに感じたのは初めてだ。

「大丈夫だ」

こんなにも心安らかな表情を浮かべているガスタインなど、側近の誰も知らないだろう。

ラスティンはとても温かい。自分の身体がどれだけ冷たく凍えていたのかを、ガスタインはラスティンが添い寝をしてくれるようになってようやく自覚した。

——大切なもの。

そのようなかけがえのないものが、この世界にあることも忘れていた。ラスティンはガスタインに、いろいろなことを思い起こさせる。

彼女を初めて抱いた夜、両親の夢を見た。

自分が大切に育まれていたころの夢だ。命がけで守られたことも、いつしか記憶から抜け落ちていた。

ガスタインはラスティンの身体にあらためて手を伸ばし、正面から抱き寄せてうなじに顔を埋める。彼女から漂う花のような香りを、たっぷり吸いこむ。

ガスタインの身体があまりにも冷たかったのか、ラスティンがかすかに身じろぎするのがわかった。振り払われるかと覚悟したが、ラスティンは逆にガスタインの背中に腕を回し、自分からぎゅうっとしがみついてきた。

その仕草に、とくんと胸が騒ぐ。少年のように恋してる。

「……死んでしまうかと思いました。あのようなことを、なされて」

ラスティンの声には、強い感情が秘められている。

何でもないふりをしたかったが、同情されているのを察しただけで鼻の奥がツンとした。耐えがたい苦痛が蘇る。同情などされなければ、心を凍てつかせて受容できたはずの痛みのはずだ。ラスティンはガスタインの中にあるさまざまな感情を蘇らせる。

「王の務めだ」

王とは贄だ。あの儀式をしなければ、毎月十人の犠牲が出る。

戦いで失う兵の数を考えれば、十人の犠牲など取るに足りない。そんなふうに考える気持ちもどこかにある。だが、避けられない戦場の死と、避けられる死は違う。民の十人の死は、ガスタインが贄となれば防ぐことのできる死だ。

「わかっております」

ガスタインにしがみつくラスティンの声に、湿り気が増した。

彼女が自分に心を寄せてくれているのがわかる。胸が熱くなる。

何もかもさらけ出したい気持ちになって、抱擁を解かないまま、耳元で尋ねてみた。

「先日、そなたが街に出たと聞いた。はげ山で見つけたあの白い粉は、何だ？」

びく、とラスティンの身体が震えた。その成分を学者に調べさせているが、結果が出るのが待ちきれない。それが豊穣につながる粉だとしたら、全てを解決する方法となるかもしれない。

この閉塞した状況から脱却できる望みが生まれる。

ラスティンはガスタインから、少しだけ身体を離した。警戒するように、顔をのぞきこまれる。

綺麗に澄み渡ったラスティンの目に、ガスタインは逆に引きこまれそうになった。

「あれは何なのか、私にもわかりません。だけど、農民は、……砕いた骨や灰や排泄物《はいせつぶつ》を、……土に混ぜます。そうすれば、作物がよく育ちます」

「ああ」

「あの白い粉も、……いい肥料になるのでは、と」

ラスティンも自分と同じ希望を抱いていることが確認できて、ガスタインは息を詰めた。

「この国の土地は、とても痩せております。……ですが、かつてはそうではなかったという話を聞いたことがございます。よい肥料があったのだと。もしかしたら、それがあの粉ではないかと、……ただの、あてずっぽうですが」

ラスティンは白き神の神殿の関係者だということを、ガスタインに隠している。だから、このような言いかたになるのだ。

「あてずっぽう？」

「作物の収穫量が上がる方法を、ずっと考えておりました。作物がたくさん穫れないかぎり、戦いは終わりませんから」

「戦いが終わることを、望んでいるのか？」

ガスタインは笑みの形に、口元を歪めた。

常勝の王であるガスタインに、ずっと戦いを続けさせようとする勢力も国の中にはある。

戦えば、その国の富が手に入る。人々がガスタインに望んでいるのは、その収奪による安穏な暮らしだ。

「戦えば必ず人が死に、民は苦しみます」

「餓え死にするより、マシではないのか」

ガスタインの考えかたは、ずっとそうだ。

ラスティンはそんなガスタインを見据えて、唇を動かした。

「――陛下がどうされたいのか、教えてください」

その言葉に、ガスタインは胸を突かれたような気がした。

「俺が？」

自分はどうしたいのか。

そんな根源的な問いが、ガスタインを揺さぶる。

自分の本当の望みなど、ずっと忘れていた。

施政者の最大の仕事は、民を餓えさせない、ということだ。かつて父から聞いた言葉がガスタインを呪縛し、そうさせないための行動に駆り立ててきた。

――だけど、俺は、……何がしたい？

そんな質問をガスタインにぶつけてきた相手は、今まで一人もいなかった。それだけに、その答えをガスタインは持たない。

誰もがガスタインを恐れ、距離を置く。誰一人として、ガスタインの孤独に寄り添ってくれる者はいなかった。

ガスタインは大理石の台の上についた指に、ぎゅっと力をこめた。

——俺の望みは……。

心を誰にも明け渡すことなく生きてきた。ここでラスティンに話しても、何かが変わるはずもない。

だけど、ラスティンの問いにだけは真摯《しんし》に答えたい。自分を理解して欲しかった。

その誘惑は、おかしくなりそうなほどに強い。

「……滅ぼして欲しい。……この俺を」

ガスタインの口から、本音があふれた。

救って欲しい。この地獄から。

願いはたった一つだ。

「忌まわしき不死の身体から、俺を解き放ってくれ」

ガスタインの目から、ポロリと涙がこぼれた。

その涙にとまどい、ガスタインは自分で自分の顔を押さえる。

固まったまま動けなくなったガスタインの身体を、ラスティンが抱きしめる。
そのぬくもりが染みて、涙はいつまでも止まらない。
ほっそりとした身体にすがりつくように、ガスタインは腕に力をこめた。

七章

ラスティンは白き神の神殿の廃墟に立ち、そこにある崩れかけた壁の壁画を見つめていた。

風が吹いている。

その中では太陽の神が地上に戻ってきて、白き神と手を取りあっていた。その二人の背後には、豊かな麦の穂が実る畑が広がっている。

前に見つけたフレスコ画だ。

ラスティンが白き神の神殿の関係者だと、ガスタインは薄々感づいていたようだ。もはや隠し立てできないと悟ったラスティンは、自分が白き神の巫女だと告白した。

ガスタインは何でもないように、それを受け入れた。

それからは、堂々とこの白き神の神殿の廃墟に通うことができた。

『……滅ぼして欲しい。……この俺を』

ガスタインの口から漏れた思いが、ラスティンの心に刻みこまれている。

太陽の神の末裔であるガスタインの身体には、禍つ神が巣くっていた。今のガスタインは不死身だ。白き神の神殿の廃墟から短剣が見つかったとしても、それをどう使えば禍つ神を滅ぼせるのか、まだわからない。

だから、ガスタインと一緒にその方法を考えることになったのだが、ラスティンにはどうしても気になることがあった。

——禍つ神だけ滅ぼすことができる……？　禍つ神を殺したら、陛下も殺すことになってしまうのではないの。

最初は殺したいほど憎い男だったが、今ではガスタインを救ってあげたいとしか思えない。愛しい人の願いをかなえてあげたい。

——禍つ神を滅ぼした結果、陛下を失ってしまうかもしれない。

それが耐えられない。心が引き裂かれそうだ。

ひたすら神殿の廃墟を、短剣を探して歩いた。男手があればもっと楽かもしれないが、何せ探しものは禍つ神を滅ぼすことができる短剣だ。下手に他人を頼って取り上げられるようなことになったら、どう利用されるかわからない。

壁画を眺めながら休憩したラスティンは、また床石をひっくり返そうと腕まくりをする。そのとき、人の気配が近づいてきた。

「ラスティン」

柔らかく声をかけてきたのは、ガスタイン王その人だ。

吹っ切れたような、すがすがしい表情をしているように思える。端整な顔立ちと、そこにかかる髪。そのたくましい体軀を際立たせる立派な衣服と、肩から長く流れるマント。

木の下に立つその姿の美しさに、ラスティンは一瞬見とれた。

それから、慌てて立ち上がる。

「陛下。……何か」

「白き神にまつわる綴《つづ》りものが見つかった。一緒に確認しないか」

微笑みは柔らかい。ひたむきにラスティンを見つめてくる眼差しは、死を覚悟した人のように静かでゾッとした。

——だけど、死なせたくないわ。

ラスティンはガスタインの少し後ろに寄り添って後宮に戻りながら、そのマントの裾をそっと握った。少しでも彼に触れていたい。つながりを持ちたい。不敬ではあったが、愛妾なら許されるはずだ。それに気づいたガスタインが少し嬉しそうに目を細めたから、愛しさとときめきが止まらなくなる。

——陛下はもしかして、元来はとても優しい性格ではないかしら。

そんなふうにさえ思ってしまう。

禍つ神がその身に宿ったために残虐非道になったが、もともとはこんなふうに微笑む人なのかもしれない。

　狭い道を通るときにガスタインの背後に回ろうとすると、そっと手を握られた。それが嬉しくて、手を放せなくなる。歩きにくいぐらいに枝が生い茂っていても、二人の手は離れない。

　ただ手を握ることがこんなにも甘酸っぱく、胸が一杯になるような幸福感をもたらすなんて知らなかった。

　それはガスタインも一緒らしい。庭から後宮の回廊に入ったときに、名残惜しく思いながらも手を放そうとしたら、許さなかったからだ。

「どうして放す?」

　不敵な笑みを浮かべ、指に指をからめてぬけぬけと言われた。

「誰の目があろうが、かまわない」

　ガスタイン王に逆らえる者は、この王城にはいない。それでも、愛妾と手をつないで歩く姿を見られるのは、王の沽券《こけん》に関わるのではないだろうか。

　そんなふうに思ったのだったが、ガスタイン王は人目をはばかることなくラスティンの手を引いて、自分の部屋まで歩いた。

　侍従や侍女もそれを見たはずだが、さすがに礼儀作法を仕込まれているだけあって、何の反応もない。だが、これは噂になるのではないだろうか。

王の部屋に入ると、豪華な机や椅子が並んだ調度のあたりでガスタインは足を止めた。

その机の上には、たくさんの古い綴りものが積まれていた。ラスティンに椅子をすすめると、ガスタインはその向かいに座って、一番上に置かれたものを指し示す。

「それは、白き神の神殿の壁画の元になった絵のようだ」

「え」

慌てて、ラスティンはその綴りものを手にした。

ガスタインを白き神の神殿の廃墟に案内したことがある。そこにある壁画を見せ、禍つ神を殺すことができるのはこの壁画に描かれている短剣ではないだろうかと伝えた。だが、その短剣は見つかっていないのだとつけ加えた。

ガスタインは壁画を一つ一つ眺め、この壁画で全部なのかと尋ねた。おそらくそのはず、とラスティンは答えたのだ。

ラスティンは渡された綴りものを、一枚一枚めくっていく。崩れかけたあの壁にあるものと筆致も一緒だ。何か新しい発見があるかと目を皿のようにして眺めてみたが、特にこれといった発見はない。

最後の壁画のページまで見て、綴りものを閉じようとした。だが、ラスティンはふとその続きがあることに気づいた。

——え？

びっくりしながら、そこをめくる。

それには、廃墟で見た壁画の続きが描かれていた。

白き神の御使いである海鳥が悠々と空を飛び、その羽根から白い粉がまき散らされている。その粉の下では麦がすくすくと育ち、豊かな穂を実らせていた。

——羽根から、白い粉。……白い粉は、……やっぱり、豊穣につながる？

王都の郊外のはげ山で、ラスティンはこの海鳥に岩を教えてもらった。あの粉を畑にまけば、豊かな実りをもたらすと教えている絵画ではないのか。

——聖なる島にある、尊き白い粉。……聖なる島は遠くにあるのではなく、あのはげ山なの？

そんなことを考えていると、ガスタインが別の綴りものを開いた。

「白い粉についての伝説は、ここにもある。白い粉は海鳥が群れ集う孤島にあるようだ。つまり鳥の排泄物が、長い時間かけて堆積し、それが石と化したものらしい。そなたが行ったはげ山付近もかつては海であり、それが気が遠くなるほど長い時間をかけて、陸地の一部になったものだとか」

「あそこが、海だった？」

ラスティンにはそれほどまでの長い時間というものが、想像できない。だが、気が遠くなるほどの時間をかければ、海が陸になることもあるようだ。

「かねてよりその粉は貴重な品で、白き神からの贈り物とされていた。白い粉が採れる場所は聖地とされ、民の立ち入りは禁止された。それは、白い粉を枯渇させないための、国家による管理だった。白き神の神殿の神官が、それらを祭りや儀式によって民に分配するようになった。それほど、白い粉の威力は神がかり的に絶大であり、保護が必要だった」

「それが、全部その綴りものに書いてあるのですか？」

「ああ。三代前のベルド太公が編纂《へんさん》したものだ。その時代は豊かだったと言われている。おそらくは、国中が白い粉の加護の下にあったのだろう。白い粉は貴重で、それさえあれば麦がよく実った」

その白い粉を使えば十倍もの収穫量が得られるのだと、ガスタインは言った。

その威力に、ラスティンは絶句した。

それさえあれば、ラヌレギア王国は国内からの収穫だけでもやっていけるかもしれない。

それには、農地を耕す民も必要だけれども。

「だけど、白き神の神殿には、……私が知っているかぎり、白い粉はありませんでした」

神殿は白き神へただ祈るだけの場所になっていた。白い粉を見た覚えも、それらを管理していた記憶もない。していたとしたら、九歳のラスティンなら覚えていたはずだ。

「ベルド太公の治世に、大きな動乱が起きた。ベルド太公は殺され、国土は蹂躙され、この王都も壊滅的な打撃を受けた。三柱の神を祀る神殿も破壊され、それ以来白い粉は使われていない」

「えっ」

「次に王位についたのは、二代前のフェビル王だ。フェビル王の治世のときに、白い粉は毒であるとして、使用が禁止された。代わりに四つの作物を交互に育てていく新しい農法が始まり、一時的に収穫量が増えて人口も増えたが、国土は少しずつ痩せていった」

二代前のことを、見てきたようにガスタインは語る。

「二代前から、この国はおかしくなった。豊穣が失われて、次第に民の心は荒れていった」

長い足を組んでいたガスタインは、考えこむように軽くこめかみに指を添えた。

「ずっと考えていた。——どうして、禍つ神が封印から解かれたのか」

ガスタインは長くて形のいい指先で、持っていた綴りものを指さす。

「『禍つ神を封印から解き放ってはならない。それは、厄災そのものである』——三代前のベルド太公の教えだ」

ガスタインは綴りものを指し示した。

「禍つ神は、古い時代に壷に封じられ、白き神の神殿の奥で管理されていたと、ベルド太公が編纂した綴りものには書かれている。禍つ神が力をつけたのは、二代前のフェビル王のときだろう。そもそもフェビル王は素行が悪く、ベルド太公によって廃嫡《はいちゃく》される寸前だった。その記録も残されている」

　軽く息をついてから、ガスタインは続けた。

「禍つ神はよくない感情、怒りや憎しみを糧に育つ。おそらく、悪心を持っていたフェビル王は、ベルド太公を倒して自分が王位につくために、禍つ神と何らかの取引をした。それでも、禍つ神の封印を解き、その力を全て解き放つことはできなかった。そうするためには、もっとよくない感情が必要だった。白い粉の加護が失われたラヌレギア王国では飢餓が蔓延《まんえん》し、人々はただ生き抜くだけで必死になった。禍つ神に力を与えるよくない感情が、フェビル王の治世から祓《はら》われることもなく野放しにされるようになり、禍つ神はだんだんと力をつけていく。そのとき王である太陽の神は、力を失っていた」

「力を失ったのは、どうしてですか」

　ずっと疑問に思っていたことを尋ねてみる。

　そこの綴りものに全ての答えが書いてあるわけではないだろう。だが、ガスタインはそれらから答えを導けるほどに聡明だ。

「太陽の神は人の身に宿ったことによって、大きく力を失っていった。さらにフェビル王の時代、禍つ神と取引をしたことによって、力を大幅に失ったのだろう。我が身にも多少は宿っているようだが、アレの栄養にしかならない程度だ」

　ガスタインは淡々と続けた。

「愚かなフェビル王が死に、祖父が即位したときには、我が国の土壌はかつてなく痩せたものとなっていた。何も知らない祖父は、どうにかしたいと思ったのだろう、白き神の神殿を再建し、禍つ神の封印を神官たちに守らせることはした。しかし、禍つ神の思惑で白い粉が使われなくなったとまでは考えなかったのだろう。白い粉が毒だという妄言を信じこんでいたのかもしれない。白き神の神官たちもフェビル王の治世に殺されており、新たに任についた者は白い粉について知らなかった。知っていたとしても、在り処などを示すものは、全て焼却されていただろう。ひどい飢饉が何度も起こり、人心は荒れた。禍つ神はますます力をつけていき、俺によってついに封印は破られた」

ガスタインは口元を歪めた。

そんなふうに整理されたら、ラスティンでもすっきり理解できる。

「十五の少年の心に、禍つ神は取り憑いた。甘言をろうしてな。俺はラヌレギア王国を守りたかった。死んでいく者を減らしたかった。そんな俺に、禍つ神は他国への侵略を示唆《しさ》した。それから、戦いはずっと続いている。抜け出す道は見つけられなかった。だが、白い粉の効能が明らかになれば、禍つ神との縁を断ち切っても、この国は立ちゆくはずだ」

『……滅ぼして欲しい。……この俺を。忌まわしき不死の身体から、俺を解き放って欲しい』

ガスタイン王の悲痛な叫びが、ラスティンの耳の奥に蘇る。

その願いをかなえてあげたい。それでも、ガスタイン王を失いたくない。

「本当は、陛下は禍つ神ではなく、白き神に救いを求めるべきだったのですね」

「そうだな。だが、白き神の声は、俺の耳には届かなかった。呼応できたのは、禍つ神の声だけだ」

寂しそうにガスタインはつぶやき、気分を取り直したように続けた。

「白い粉についてまずは調査し、その効能が明らかになったら、埋蔵されている場所と量を調査しよう。次の種蒔きの時期に間にあうのか、それよりも先か」

とても大切なことのようにつぶやいてから、ガスタイン王は吐息を漏らした。

「だが、急がなければならない。俺の中の禍つ神が、この身体を支配する前に」

その言葉に、ラスティンは息を呑んだ。

「今、禍つ神はどうなって……？」

「王の身体を食らい、満足して眠っている。前の戦のときにも、多くの血が流れた。あいつは、その血に満足している。だが、そんな時期は長くは続かない。また血が騒ぎだす。俺は俺の中の欲望に煽られて、次の戦を始める」

——猶予があるのは、あとわずか。

そのことを、ラスティンは認識した。

戦いが始まれば、ガスタインは禍つ神に支配され、血と殺戮を望む獣となる。そうなってしまったら、次にまともに話ができるのはいつなのかさえわからなくなる。

禍つ神をどうやって短剣で滅ぼすのか、ずっと考えている。ガスタインがラスティンに救いを求めたのは、白き神の巫女だからだ。禍つ神を滅ぼすことができる唯一の存在。ラスティンは、その責任を果たす必要があった。そのために、ガスタインも王城に残っている三柱の神の伝承を探すなど、協力してくれている。

禍つ神は月に一度だけ王の身体から離れ、その身体を食らう。その機会にかけるしかないだろうか。

——とにかく、短剣を見つけなければ。

それしか、禍つ神を滅ぼす方法はないはずだ。

それでも心のどこかで、短剣が見つからなければいいのに、と思ってしまう。

——だって、禍つ神を滅ぼしたら、陛下も死んでしまうかもしれない。

それがつらかった。

そんなことが起きるぐらいなら、このままでいいと望んでしまう気持ちが、心のどこかにあるのだ。

それはいけないことだと、わかっているのに。

次の新月の夜まで一ヶ月。

ラスティンは部屋に運びこまれた白き神についての綴りものに片っ端から目を通した。ラスティンが白き神の巫女でいたのは九歳までだったが、それまでの教育によって、文書に使われている基本的な宗教文字は解読できた。

それでも、悩まされることが多い。そんなときには、公務を終えてやってきたガスタインに頼んで、解読してもらう。ガスタインは王として、特別な教育を受けていた。彼の頭の切れのよさや博識には、舌を巻くばかりだ。

毎日、深夜まで顔を突きあわせて、ああでもない、こうでもないと話しあう。答えはなかなか見つからなかったが、やはり先日、ガスタインが話してくれた大筋で間違いないようだ。

ガスタインと一緒に過ごす時間は、ラスティンにとってかけがえのないものだった。

気がつくと、ガスタインの顔をじっと見つめている。

たぶん、もうじき終わりがくる。

次の新月の夜に、ガスタインの身体から禍つ神が出てくる。それを短剣で突き刺せば殺せるのだという道筋は思い描けた。

だが、そもそもその短剣が見つからない。見つかったとしても、武術について何の手ほどきも受けていないラスティンが、禍つ神に立ち向かえるだろうか。

――私はそこで、禍つ神に殺されるかもしれないわ。

死ぬのは自分なのか、禍つ神なのか、それともガスタインなのか。

いずれにしても、きっとこれがどちらかにとっての最後の日々だ。

そんなふうに感じてしまうからこそ、一刻一刻が過ぎていくのがひどく惜しく感じられた。時間がないというのに、やたらと接吻《せっぷん》や、それ以上のことをしてしまう。

朝までラスティンを抱いた日に、ガスタインが言ってきた。

「そなたのここに、我が子が宿っていたら。……次の王にせよ」

まるで自分がいなくなることを予期しているかのような言葉に、ラスティンは震えた。

「しっかりと書き残しておく。そなたのここに宿っているのは、俺の子だと。信頼できる後見役もつけよう」

「まだ何も宿ってはおりません。早とちりなことを、おっしゃいませんよう」

最近ではガスタインと顔を合わせていると、やたらと泣けてしまう。自分はそこまで弱くはなかったはずだ。ガスタインがことさら優しくラスティンに接するからかもしれない。目尻に落ちてくるキスも柔らかくて、その後で重ねられてくる唇も、冷たいのにとても優しい。

少しずつ、彼の身体が温かくなっているように感じられるのは、気のせいだろうか。ガスタインが人の心を取り戻すのに合わせて、身体もぬくもりを宿しつつあるように感じられた。

「陛下のお身体、以前ほど冷たくは感じられませんが」

そのことを伝えると、ベッドの中でラスティンの裸の身体を抱き寄せながら、ガスタインが寂しそうに笑った。

「それは、そなたの身体が冷たくなっているからだ」

「えっ」

その言葉に、ハッとした。

そういえば、薄着で廊下に出ても少しも寒く感じられない。侍女たちに慌てて、上に羽織るものを着せられることが何度かあった。

侍女たちは口から白い息を吐いているというのに、ラスティンの息だけ白くないこともあった。

ガスタインはラスティンの頬をそっと撫でながら、額と額がくっつくほどに、顔を近づけて言った。

「可哀想に。……俺の冷気が、そなたに宿った。そうなると、少しずついろいろなことが感じられなくなっていく。喜びも、……悲しみも」

だとしたら、ガスタインが死んだとしても、さほど悲しみを感じずに済むのだろうか。

それが少しだけ、救いとなった。

だが、とガスタインは言葉を継いだ。

「まだ、大丈夫だ。一時的に影響されているに過ぎない。俺と離れたら、きっとすぐ元に戻る。代わりに、……ラスティンのぬくもりが、ここに宿るようになった」

ガスタインは自分の胸元をなぞる。心臓があるところに手を当てて柔らかな表情になったガスタインを見て、ラスティンは胸が苦しくなるのを感じた。

彼に少しでもぬくもりを与えることができるのなら、自分はもっと冷たくなってもかまわない。そんな思いでキスを繰り返し、その日は朝までむつみあった。

やっぱりガスタインを死なせたくない。その方法が知りたくて、ラスティンはその翌日も、必死になって綴りものをめくる。

まぶたに灼きつきそうなほど、何度も何度も眺めた壁画の原画もあらためて眺めた。

壁画の後半に描かれているのは、太陽の神と白き神が手を取りあって、地上に豊穣をもたらす場面だ。そこにいる太陽の神を、何度も目で追ってしまう。

——大丈夫。陛下は、太陽の神の末裔でいらっしゃる。この絵でも、最後には二人で、手を取りあっているわ。死ぬことはないはず。

そんなふうに自分に言い聞かせる。

ガスタインの唇が、昨夜、どんなふうに自分の身体をなぞったのかを、うっとりと思い描いた。そんなラスティンに、記憶に刻みこんでいた神官長の言葉が蘇る。

『あなたは白き神の巫女です。あなただけが、あの忌まわしき王を滅ぼすことができる唯一の者だと、お忘れなきよう』

『どうやって、滅ぼすの？』

『その身体を使って、……王に愛されるのです』

――忌まわしき王……禍つ神を滅ぼせるのは、唯一私だけだって、神官長は言っていたわ。この身体を使って、王に愛されるんだって。

それは、象徴的な意味だと思っていた。王に愛されることによってその身に近づき、殺すためのチャンスをうかがうためだと。

――だけど、もしかして、もっと直接的な意味があったりするの……？

気になったラスティンは山のように積み重なっていた綴りものを、ひっくり返していく。

それらは、ガスタインが王城にあった三柱の神に関するものを、手当たり次第運ばせたのだと聞いていた。

その中に不思議なものがあったはずだ。

男女がからみあうところを描いた、扇情的な絵。

一冊一冊確認していく中で、ガスタインはそれをあっさりと外した。ラスティンがそれは何かと尋ねるように視線を向けると、どうでもよさそうに言ったのを覚えている。

『性魔法に関するものだ』

『性……魔法？』

『性的な興奮や、その絶頂の力を利用して、何らかの秘術を得ようとしたものだ。邪教だな』

今は何だか、その本が気にかかる。

ラスティンはその本を見つけて、慎重にページをめくっていく。途中で、花びらの形をした痣についての記載があるのに気づいて、息を詰めた。ラスティンが元神官だった踊り子に施された、感度を上げる魔法がそこには記載されている。

——あれって、……三柱の神に関する魔法だったの？

もしこの本をガスタインに熟読されていたら、自分が当初、そのようなろくでもないことをしたと知られてしまう。そうならなくてよかったと息をつく。

ラスティンはあらためて、その綴りものをじっくりと眺めた。

その表紙には見覚えのある白い鳥の絵が描かれていた。装飾の一部のようになっているが、これは白き神の神殿に、密かに伝わっていたものではないのか。

——どうして性魔法が……白き神の神殿と……関係するの？

気になりはしたが、詳しい記述はやたらと難しくて、ラスティンには読み解けない。

だから、公務を終えてラスティンの部屋にやってきたガスタインに、その綴りものを差し出して、解読してもらうことにした。

「神聖娼婦《しんせいしょうふ》か」

あっさりと、ガスタインは言う。

神の活力を授けるために、信者が神官や巫女と性の儀式を行うことが過去にはあったのだという。

「白き神の力を借りたい王が、そのような儀式をすることもあったと聞いた。事実なのか、単なる伝承なのかも、今では定かではない。……だがここに、このような記載があったとは」

感心した様子で、ガスタインはその綴りものをめくっていく。

途中でふと手を止め、じいっとラスティンを眺めたのは、あの花びらの痣のページを見つけたからなのだろう。見つからなければいいと思っていたが、そうはいかなかった。ラスティンはじわじわと赤面しながら言っておく。

「あの……それは……元神官だった人に……陛下の寝所に侍るために、つけておいたほうがいいと言われたからで」

「ほお？」

「今は、……もう効力が切れてて、それなしで……す」

「そうか。痣が消えているものな」

どうでもよさそうにガスタインは言ったが、少しだけ機嫌がよくなったような気がする。

その綴りもののページは多くはなかった。ガスタインは一ページずつめくりながら、説明してくれる。

神の活力を授けるためには感度を上げ、高まった快感をできるだけ身体に蓄えてからのほうがいいそうだ。

あまりにさまざまな体位が描かれていたために、以前はちらっと見ただけで、ろくでもない本だと判断したのだと、ガスタインは言っていた。

一通り目を通した後で、ガスタインが前のページに戻ってじっくりと読み始めたのは、神の活力を授けるための方法のところだった。

その内容を詳しく教えてくれる。

巫女がある呪文を唱えて性儀式を行うと、快感が深まるにつれて下腹に『神の印』が浮かび上がる。それが浮かび上がった巫女は特別な力を得る。

その『神の印』が浮かび上がっている間は、より好色な状態となる。性行為を続け、快感を募らせて溜めこむほどに、その『神の印』はくっきりと浮かび上がり、最後には神の力で満たされる。

――神の力？

ラスティンは息を詰めた。

もしかして、これが神官長が言い残した言葉の、真の意味なのだろうか。

――短剣が見つからなくても禍つ神を倒せる？

「神の力を得たら、……禍つ神を滅ぼすことができますか？」

ラスティンは、ガスタインを見つめながら言った。

ガスタインは思慮深そうに長いまつげを伏せてしばらく考えこんでから、ラスティンを見据えた。

「やってみるか？　他に手はない」

「はい」

ようやく見つけ出した方法だった。

短剣が見つからなくても、これを使えば禍つ神を滅ぼすことができるだろうか。

――神の力。

それは、どんなものなのだろう。

ラスティンはガスタインと計画を練った。

決行は、禍つ神がガスタインの身体から這い出してくる新月の夜。この綴りものに書かれているように、この儀式を行う。

――そうしたら、特別な神の力が、私に宿る？

それさえあったら、禍つ神を滅ぼして、ガスタイン王を助けることができるのだろうか。

禍つ神とガスタインを切り離すことができる新月の夜なら。

「陛下は、私がお守りします」

決意とともに伝えると、ガスタインはラスティンを抱きしめた。

「そなたを助けるのは、俺の役目だ」

ガスタインのほうもラスティンを守ろうとしてくれるのが嬉しい。彼の思いが、胸に熱く刻みこまれる。そんなガスタインだからこそ、死なせたくない。

強い決意が胸に突き上げてくる。

大切な人。

命と引き換えにしてもいいと思うほどの相手。

憎かったガスタインをそんなふうに思える日が来るとは考えもしなかった。だけど、彼のことを思っただけで、胸が熱く痺れる。

ただ抱きあうだけで、満たされる。

早くガスタインを、禍つ神から解放してあげたい。

それが彼の強い願いであり、この国にとっても必要なことなのだから。

八章

「はぁ、……は、……は……っ」

この愛の交歓が、どれだけ続いているのだろう。

新月の夜。

ガスタインとラスティンは黒い神殿の地下にある穴の近くに分厚いマットを敷き、性行為を続けていた。

ここにいるのは、ガスタインとラスティンと臣下の男一人だけだ。彼は前回と同じ男で、新月の儀式のときにガスタインの身体を岩につないだりする手伝いをさせているそうだ。

この行為を始める前に、ラスティンは綴りものに記されていた特別な呪文を唱えていた。口にした途端、身体がビリッと痺れた感覚があった。全身の感覚がひどく研ぎ澄まされ、衣服が擦れる感触にすら感じるのは、花びらの痣の魔法で感度を上げたときに似ている。

そんなラスティンに、ガスタインがのしかかってきた。

「っふ、あ、……あ……ン……っ」

やたらと感じやすくなった全身を余すところなく愛撫され、淫らに濡れきった後だ。その蜜壺を押し広げて、ガスタインが挿入してきた。抜かれないまま、互いに何度、絶頂を味わったことだろう。

感度が上がりきったラスティンの身体は、ガスタインのものをぎゅうっと締めつけた。それがガスタインにたまらない興奮を与えているようだ。

ガツガツと、むさぼるように激しくうがたれる。その勢いは少しも弱まらず、深いところばかりをえぐられて苦しいはずなのに、その苦しさすら快感につながっていく。

そんなラスティンののけぞった胸元に、ガスタインの指が伸びた。硬く凝った乳首に指が擦れただけでも、たまらなく感じる。その部分をくりくりと擦りあわせるように刺激されたら、ラスティンはじっとしてはいられない。

「っんぁああ、……あ、あ……っ」

下腹にきゅんきゅんとくるほどの気持ちよさに合わせて締めつけると、そのお返しのようにさらに乳首を転がされた。

あまりの快感に、意識が薄れてくる。

ここがどんなところなのかも忘れて、大きな声とともに達しそうになった。

そのとき、ガスタインがかすれた声で伝えた。

「下腹に、……だんだんと印が浮かび上がってきている」

その言葉に、ラスティンはそれを確認しようとした。だが、組み敷かれた姿ではそれはかなわない。

すると、ガスタインに抱き上げられた。

ガスタインの腰をまたぐような格好になる。

また違った角度で体内を押し広げる肉楔の感触に、ラスティンは甘ったるい声を上げた。ガスタインの大きなものが、限界までみっちり奥を占領したからだ。

こんな体位で続けられたら、自分はいったいどうなってしまうのだろうか。

想像するだけで中がきゅうんと痺れて、より感度が上がっていくのを感じていた。

ガスタインが突き上げるのを待たずに、ラスティンはマットにかかとをつき、自分から腰を上げていった。ガスタインの形に押し開かれた襞が、抜き取られる動きによって擦られて、たまらなく感じてしまう。

切っ先だけを残したところで、ラスティンは身体の力を抜いて一気に中に押し沈めた。

「っあ!」

体重とともに、張り出した切っ先が悦《い》いところをえぐる。それがたまらなく悦くて、連続して腰を動かすのがやめられなくなる。

『好色な状態になる』と綴りものに書かれていたのは、今のこういう状態を指すのかもしれない。気持ちよすぎて、すでにやめられない。ガスタインの形を覚えた腰が勝手にうねり、感じるところに擦りつけるように動いてしまう。

その悦楽に腰がびくびくと小刻みに痙攣を始め、すでに次の絶頂に達しつつあることをラスティンは意識した。

動けなくなっていると、腰を力強く支えて動きを助けながら、ガスタインが言う。

「そのまま、イけ」

そんな言葉とともに、下から力強く突き上げられた。切っ先が鋭く奥まで突き刺さるたびに、ラスティンの胸が大きく弾み、ぎゅうぎゅうと中のものを締めつける。

かなりの力で締めつけているだろうに、ガスタインはそれを意に介することなく力強く突き上げ続けた。

「っぁあああ、……あ……っ！」

ガクガクとした痙攣が止まらなくなり、絶頂に達してラスティンの身体がのけぞった。

だが、それで終わりではなかった。息を整える間もなくガスタインに押し倒され、まだ敏感になっている身体の奥の奥まで突き上げられた。今までの動かしにくさから解き放たれたかのように、力強い動きだ。

「……ッン、ン、ン」

あまりの勢いに、マットから落ちてしまいそうだった。そんなラスティンの身体をマットの中央まで引き戻して深くまで入れられる。

下腹に出たという印を確認したかったが、それすらする間もないほど、性行為に没頭していた。

ガスタインの張りつめた先端が中の柔らかな粘膜を押し広げ、感じるところを残酷なほどにえぐりたてていく。中でもことさら感じるところがあって、そこを刺激されただけで全身に力がこもってしまう。

「っはぁ……んぁ、あ……っ」

「すごい、締めつけだな」

ラスティンの反応は、ガスタインにも悦楽を生じさせているらしい。

達したばかりの身体に、こんな勢いのいい抜き差しは強すぎる。そんなふうに思っているはずなのに、打ちつけられるたびに、襞から広がる快感に、全身がわなないた。胸乳を乱暴にわしづかみにされてその先端に歯を立てられるのも悦く、そのたびにのけぞった。

蕩けるような甘い疼きが全身に広がる。

ガスタインのものを放すまいと、ぎゅっと襞がからみついた。同時に、締めつけたままガクガクと腰が揺すられ、ガスタインもラスティンを絶頂に押し上げようとする本能的な動きをする。

そのとき、ガスタインがささやいた。

「そろそろ、快感を溜めこむか？」

その言葉に、ラスティンはうなずいた。神の力を得るためには、溜めこむ快感が強ければ強いほどいいらしい。その快感を溜めこむための呪文があった。その呪文をかけたら、解除するまでイクことはかなわなくなるのかもしれない。それも覚悟の上だ。

「……はい」

うなずくと、ガスタインがラスティンの上で動きを止めた。ラスティンは心を集中させて、呪文を唱える。

またびりっと皮膚が痺れるような感触が広がり、ラスティンは息を詰めた。ラスティンがうなずいたのを確認してから、ガスタインは動きを再開する。

「うっ、……あっあっあっ」

さらなる悦楽が、ラスティンに襲いかかった。

押しこまれるたびに、全身がそこから溶けていきそうだ。

呪文を唱える前から、ラスティンの快感はすでに頂点近くまで達していた。それがさらに高められていく。

ガスタインが動くたびに、前の快感を遥かに上回る大波が身体を押し上げた。がくがくと身体が震え、痙攣しては硬直する。呪文がない状態だったら、とっくに達していただろう。

だが、解除するつもりはない。快感はひたすらラスティンの体内に蓄積していく。

「感じれば感じるほど、よいのだったな」

ガスタインはそうつぶやくと、動きを止めないまま、指をラスティンの下肢に伸ばした。そこでは陰核がやるせないほど、甘く尖って疼いていた。そこに指の腹を押しつけられただけで、ラスティンの身体は大きく跳ね上がる。

「っぁあああ、あ……っ！」

感じすぎておかしくなりそうだ。

だが、その身体の奥までガスタインのものが押しこまれる。

動かされながら、指の腹で陰核に蜜を塗りつけられた。腰が痺れてわななく。あまりの快感に、ラスティンは自分から腰を上下させずにはいられない。

「ダメ、……そこ……っ」

「だが、感じさせないと」

ガスタインの力強い突き上げに、声が震えた。陰核をなぶられながらだと、その抜き差しによる快感がことさら濃度を増す。

感じきった襞が、ガスタインのものをむさぼるように何度にも分けて締めつけてしまう。

だが、解放はかなわない。

「あっあ、あ」

口が開きっぱなしだ。もはやまともな声が出ない。

そんな身体に叩きこまれるたびに、頭の芯まで強烈な快感が突き抜ける。下肢には耐えがたい快感がわだかまっていて、その大波に翻弄される。何も考えることができなくなった。ガスタインの動きに合わせて腰をくねらせるしかない。

「っぁあああ、……んぁ、あ、あ……っ」

がくがくっと痙攣が抜け、達しそうになって腰を突き上げた。だが、解放は訪れず、ひたすら快感は募っていくばかりだ。濡れそぼったラスティンの陰核を転がす指の動きを受け止めるしかない。

「ッ」

ガスタインが低くうめく声が聞こえてきた。

達せなくなったラスティンの締めつけは、彼にもかつてないほどの快感を与えているのか。それとも、苦痛に近いのか。

叩きつけるように、ガスタインは激しく腰を使ってくる。

ラスティンの襞がガスタインの剛直をむさぼるように、なおも締めつける。

その終わらない動きに、何度も目の前が真っ白になった。それでも絶頂に達することはかなわず、痙攣する四肢の動きを感じるしかない。ひたすら怒濤《どとう》のようなうねりに押し流されていく。

汗塗れになってまともに息もできなくなったときに、ついにラスティンは口を動かした。

白き神の呪文を唱え、全身に溜まりきった快感を『神の力』に変えようとする。

その呪文に合わせて、最後の一突きが与えられた。

「ひぁっ……あっ、あ……っ」

焦らされきった身体は、それによってかつてないほどのめくるめく頂点へと押し上げられた。

ガスタインも溜めきったものがあったらしく、勢いよく中でしぶく感じがあった。とめどなく注ぎこまれて、ラスティンは震える。

――あ。……入って、……くる……。

さらに快感が募って、何度もラスティンは痙攣し、そのたびに絶頂を味わった。

そのまま脱力して、乱れた呼吸を整えようとする。

だが、くたくたに疲れきった身体に、変化が起きた。

力が全身にみなぎり、万能感が生まれる。ラスティンはぼうっとしたまま立ち上がった。

――これが、『神の力』？

自分は何かに呼ばれている気がする。導かれるがまま、ラスティンは全裸で歩き始めた。

臣下の男が近づいてきて、ラスティンに白いマントをかけてくれた。ラスティンは黒い神殿の地下から上がり、外に出る。黒いマントをまとったガスタインが、その後を追ってくるのがわかった。

外に広がっていたのは、新月の闇夜だ。

だが、その中を裸足のまま歩いても、ラスティンは冷たさも、足を枝で切る痛みも感じない。

ラスティンがたどり着いたのは、白き神の神殿の廃墟だった。神官長から託されたものはどんなに探しても見つからなかったのだが、今なら見つかる気がする。

闇の中で、かつてそこにあった神殿が立体的に浮かび上がった。神官たちに手を取られて歩いた通路。真っ白な調度。壁を彩る壁画。咲き乱れる花。

ラスティンは祭壇の前にたどり着き、空を見据えて呪文を唱えた。

『ソソツヅァュ・カォラブ』

かつて神官に教えられたのだろう呪文が、自然と口からあふれる。

下腹には神の印が浮かび上がったままなのか、へその下あたりの皮膚がジンジンと熱く痺れていた。

そのとき、ばさりと大きな羽音が聞こえた。

巨大な鳥が空から舞い降りてくるのが目に飛びこんできた。いつもラスティンを空から見守っていた白い鳥より、遥かに大きい。広げた羽は、人の丈を優に越える大きさがあった。おそらく、先の新月に黒い神殿の地下の空間で見たオオワシに匹敵する大きさだ。

その白い巨鳥は先導するように、神殿の奥へと進んだ。ラスティンはそれを急ぎ足で追っていった。

とある一室の角の壁に、巨鳥は舞い降りる。その頭部が上下に動き、地面を指し示した。

ラスティンはハッとして、そこにひざまずく。指先で床石を押し上げようとすると、ガスタインが近づいてきた。

「ここか?」

「そう。この下に、あるの」

何が、ということは口にしなかった。それでも、ガスタインにはわかったのかもしれない。ラスティンの代わりに、重い床石に指先をかけてひっくり返そうとする。ラスティンはそれに加勢するために、近くにある枝を拾って手伝おうとしたが、戻ってきたときにはすでにガスタインは床石をひっくり返した後だった。

そのあたりは小さな石や砂で覆われていたので、ラスティンは夢中になって地面を掻き分けた。すると、指先に何か硬いものが触れる。

ラスティンはそれを慎重に地面の中から引っ張り出した。油紙に包まれた、何か細長いものだ。

それを開いた瞬間、ラスティンは息を呑んだ。

——短剣……!

装飾はほとんどない。だが、白銀に輝くその鞘《さや》と柄には錆《さび》一つ浮かんでいない。何か特殊な金属で作られているらしい。

触れただけで、身体中が不思議な力に満たされていくような感覚があった。ぼうっとしたまま、その力に操られるように鞘を引き抜くと、磨き抜かれた刀身が現れた。

その刀身は、闇の中で白く輝きを放っていた。

「これが、……禍つ神を倒すことができる、……短剣……だわ」

ラスティンは呆然とつぶやいた。

綴りものに描かれていた古い神話の品物が、急に自分の前に現れたのは奇妙な感覚だった。ガスタインも、その刀身の白い輝きに魅せられているらしい。

「ようやく、見つけた」

ラスティンはそうつぶやくと、腹に力をこめて短剣を握り直す。

白き神殿の神官たちが殺される前、この神殿で禍つ神の封印が破られた。禍つ神は王に取り憑いた。だから、神官長は死が迫る中で、ラスティンにこの短剣を託したのだろう。

それを思うと、胸が熱くなった。ここで殺された人々の思いを、自分が受け継がなければならない。

ようやく、必要なものを手に入れた。おそらく、ガスタインと交わって『神の印』を手に入れなければ、禍つ神を倒す武器である短剣も見つからなかったに違いない。

「見つかったわ」

ラスティンはガスタインに伝える。

ガスタインはその向かいに立ち、小さくうなずいてくれた。

「戻ろう」

言われて、ラスティンもうなずいた。

禍つ神を倒さなければならない。

ガスタインの声に呼応するかのように、ばさりと白い巨鳥が飛び立った。ばさり、ばさりとその羽根が動くたびに、巨鳥はすごい速さで進む。

ラスティンたちはそれを見失わないでいるのがやっとだった。

黒い神殿の地下に通じる扉は、人間がくぐれるぐらいの大きさしかなかったから、白い巨鳥が通れるかどうか心配だった。だが、何でもないようにそれはくぐりぬけ、地下の広い空間を悠々と飛んでいる。

その羽根が上下するたびに、白くまばゆい羽根から白銀のような光があふれた。その輝きに、ラスティンは勇気を与えられる。

階段を下りながら、ラスティンはそっとガスタインの手を握った。

――もうじき、終わる。何らかの決着がつく。

それで、自分は命を落とすかもしれない。それは怖くない。怖いのは自分が生き残り、ガスタインが死んでしまうことだ。

禍つ神は、長いことガスタインの身に宿っていた。その禍つ神を倒すことで、ガスタインの身体に何らかの悪影響が出たら。

――この人が、……死んでしまったら。

そう思うと、震えが止まらなくなる。

ガスタイン王と出会ったころなら、ためらいなくその胸に短剣を突き刺すこともできただろう。だが、ラスティンは彼のことを知りすぎた。彼の思いも、願いも、優しさも知ってしまった。

彼のことを思うだけでじぃんと胸が痺れる。彼の手のぬくもりをずっと覚えておきたい。早くガスタインを禍つ神から救い出してあげたかったが、彼を永遠に失ってしまうことには耐えられない。

ガスタインも同じことを思っているらしく、からめた指に力がこもった。

「もし、……俺が死ぬとしても、それで禍つ神を倒せるのなら、ためらいなく……この胸に剣を突き刺せ」

ガスタインの声が凜と響く。

彼は死ぬことを恐れてはいない。そんなガスタインだからこそ、余計に怖かった。もっと生に執着して欲しい。

ラスティンにとって彼はかけがえのないものなのだ。自分の命に替えても守りたいと思うぐらいに。

ラスティンはガスタインの指をぎゅっと握りしめた。

手が冷たいときには、心まで凍える。悲しく、惨めな気分になる。

だから、どうしても冷たい手は温めたくなる。今のガスタインの指は、温かかった。二人の手の温度は同じぐらいだ。ラスティンのほうが冷たくなっているだけなのかもしれないが。

「そなたは、温かいな」

なのに、ぽつりとガスタインが言うから、泣きだしそうになる。

涙をこらえてぐっと目に力を入れると、さらにつぶやかれた。

「この温かさに救われた。……最後に、ぬくもりを思い出すことができた」

まるで遺言のように聞こえる声の響きに、ラスティンは歯を食いしばる。声が震えないように、身体に力をこめて言い返した。

「最後ではありません。これからも、……陛下は、私と一緒に」

「俺はいい。それだけのことをした。後はただ、このラヌレギア王国に、豊かな実りが戻ってきてくれることを祈るばかりだ。そなたになら、その願いを託せる。白き神の力が備わっている」

そう言って、ガスタインは白い巨鳥に顔を向けた。

ラスティンはガスタインの思いを知っている。

民を餓えさせたくないという、施政者としての根本的な願いを。

それから、ガスタインの視線が地下に向けられた。その底に開いた冥界への穴を見据えて、口を開いた。

「アレがひどく餓えているのが伝わってくる。もうじき、俺の身体から這い出す。食い物を求めている」

皮肉っぽく言って、ガスタインはラスティンから手を離した。

「なすべきことをなせ。白き神の巫女として」

その言葉にこめられた思いが、ラスティンの胸を打つ。

――なすべきことをなせ。

それは、残酷な命令だ。

自分の思いではなく、巫女としての使命に従えというのだから。


ガスタインは穴の縁まで到達すると、ラスティンを少し下がらせた。身体の内側から突き上げられたかのように痙攣し、床に膝をついた。

身体を二つ折りにして頭を垂れると、その腹の中から黒いヒトガタが這い出してくる。死んだように動かないガスタインをそのままに、そのヒトガタは穴の上で身を躍らせた。

その姿が、不意に巨大なオオワシと化して舞い上がる。

ガスタインを先月食らっていたオオワシだ。

その凶悪な姿を見た瞬間、ラスティンの唇が動いた。

「ゲルグ・カゥザ・ウシル、ラ・イニヤ・エデイドゥ……」

それは、白き神への祈りの言葉だ。

今日は新月で、月の加護を受ける白き神の力は一番弱い。逆に、禍つ神の力は増している。

それでも、今夜以外にガスタインと禍つ神を切り離すチャンスはない。ラスティンは白き神に力を注ぎこまなければならない。

かつて神官長から、口伝えで教えられた白き神への祈りの言葉は、全てラスティンの中に宿っていた。下腹がジンジンと疼く。そこに浮かんだ『神の印』が、ラスティンに巫女としての力を与えてくれる。

ラスティンは目を閉じ、手を祈るときの形に組みあわせた。

身体に満ちていた力が、巨鳥へと化した白き神へと注ぎこまれていくのがわかる。一心に力を注ぎこんだ後で、ラスティンはがくりと膝を折った。

視線を上げた途端に見えたのは、より輝きを増した白銀の羽根だ。

巨鳥は急降下して、穴の上にいたオオワシに飛びかかった。猛禽類《もうきんるい》が二羽、戦う場面を、ラスティンは見たことがある。それと同様に、互いにくちばしや爪を使って激しく二羽は争った。

その姿を、ラスティンは目を見開いて、見守るしかなかった。

二羽の巨鳥は激しくぶつかりあい、大きな羽音とともに体勢を立て直しながら、何度も位置をめまぐるしく入れ替えていく。

巨大な鳥だけに、その気配や羽音も段違いだ。

最初は互角に見えていたが、だんだんと白い巨鳥が押されているのにラスティンは気づいた。

――もっと、……力を……！

今夜は新月だ。

ふらつくのを我慢しながら、ラスティンはさらに祈りの言葉を口にして、巨鳥になおも力を注ぎこもうとした。

それを察知したのか、不意にオオワシがラスティンのほうに頭を向けた。何があったのかわからないうちに、ラスティンは横からの衝撃を受けて、はじき飛ばされた。オオワシに体当たりされたのだ。

「……っ！」

身体が地面に叩きつけられ、何度も天地が逆転した。止まったとき、手にしっかりと短剣を握りしめているのを確認して、少しだけホッとする。

ドキドキドキと心臓が口から飛び出しそうなほど鳴り響いていた。すぐそばに、大きな穴がぽっかりと口を広げている。ここに落ちたら命はない。その穴から、冷気を孕んだ風が吹き上げてくる。

だがそのとき、ラスティンは再び自分に襲いかかってくる羽音に気づいた。

全く動けないでいる間に、オオワシがその巨大なかぎ爪でラスティンの腹部を上から押さえこんだ。

「……っ！」

ラスティンは獲物のように地面に縫いつけられた。間近に迫った羽根の先が、バサバサと頬に触れる。

その尖ったくちばしをいつ突き立てられるかわからない。その恐怖に身が凍った。

「っや……っ！」

すぐそばまで迫った巨大な鳥の匂いが、鼻孔の中に押し寄せる。ここに最初に入ったときに感じた腐臭を、何十倍にも凝縮したような匂いだ。

息ができなくて顔を背けたとき、ラスティンの真上にいたそれに、別の大きな塊が体当たりした。

　ばさばさばさばさっと、巨鳥が二羽ぶつかりあう。

　白い巨鳥が助けてくれたのだ。

「つぐ。……ごほ……っ」

　ラスティンは膝をついたまま、這いずって穴から逃れ、ゆっくりと深呼吸した。

　バサバサという羽音は途切れない。二羽の巨鳥はぶつかりあっては、互いにかぎ爪を繰り出した。

　激しく羽音が鳴り響く中で、ラスティンは穴から少し離れたところで向き直り、短剣をつかみ直した。

　やはり、じわじわと白い巨鳥が押されている。どうやったらあのオオワシに短剣を突き立てることができるのだろうか。

「ラスティン」

　そのとき、低く声がかかった。振り返らずとも、それがガスタインのものだとわかる。

　攻撃を受けて、オオワシがラスティンたちからそう遠くないところに落下した。

　床で羽根を動かして再び飛び上がろうとするオオワシの巨体を縫い止めるように、白い巨鳥が着地する。そして、その賢い目をラスティンのほうに向けた。

　今だ、その短剣でとどめを刺せ。

それをラスティンよりも先に読み取ったのか、ガスタインがオオワシに飛びかかった。その巨鳥に馬乗りになり、押さえつける。

「ここだ！」

オオワシの喉笛を、ガスタインが両手でつかんでさらけ出す。この絶好の機会を逃してはならない。ラスティンは短剣を握りしめ、その急所めがけて剣を突き立てる。そのまま、全身の力をこめた。

「ギェエエエエエエエ……！」

オオワシの断末魔が響き渡る。

ラスティンがつかんだ剣の柄に、ガスタインが手を添えてさらに深くまで突き通していく。肉の線維がブチブチと切れていく中で、柄まで押しこむ。

オオワシはそれにあらがって暴れたが、ガスタインと白い巨鳥がしっかりと押さえこんでくれた。その協力がなければ、ラスティンはあっけなく振り落とされていたことだろう。

オオワシの動きがだんだんと弱まっていく。

最後には動かなくなった。

それを確認して、ラスティンは短剣から手を離した。力をこめすぎていたために、しばらくは手がまともに動かない。

ガスタイン王も体重をかけていたオオワシから離れ、ラスティンに手を差し伸べた。そ

の手を取って立ち上がると、白い巨鳥もバサリと飛び立った。

そのくちばしにオオワシの亡骸をくわえ、穴の中心部まで飛んでいく。そこでくちばしを開くと、オオワシの亡骸は底知れぬ穴の中に落下していった。

短剣はその喉笛に刺さったままだ。このまま失ってしまっても大丈夫なのかと、ラスティンは白い巨鳥を見る。だが、そこから感情は読み取れない。おそらく、いつか危機が来れば、それは現れるのだろう。

——短剣の役目は……終わったのかも。

白い巨鳥はそのまま、地下空間の上部へ向かって飛んでいく。一番上まで到達すると、岩に溶けこむように姿を消した。それを追わなければならない気がして、ラスティンは急いで階段を上がった。

ガスタインがラスティンの手を引いてくれる。

気づけば、その手には温かいぬくもりが宿っていた。今までのぬくもりとは違う。しっかりとした、人の体温が感じられる温かさだ。

それに、ラスティンは胸を打たれた。

——こんなにも、陛下が温かいなんて。

ずっと望んでいたことの一つは、ガスタインにぬくもりが戻ることだ。それがかなえられて、ただただ嬉しい。じわりと涙がにじみそうになる。

息を切らしながら、どうにか階段の一番上までたどり着く。

黒い神殿から出ると、新月の暗い空にまばゆい輝きが放たれていることに気づいた。

その光の中心は、あの白い巨鳥だ。

ラヌレギア王国の空へと飛び立った白い巨鳥が、その白銀の羽根から綺麗な白い粉を羽ばたきに合わせてまき散らしていくのが見えた。

たっぷりと粉を振りまきながら、白い巨鳥はさらに空をぐんぐんと上がっていく。

そうしながら、鳥はその巨大さを増した。大きくなるにつれて身体の透明度が増し、向こうが透けて見えるほどになる。

それでも力強い羽ばたきを繰り返し、ラヌレギア王国の大空を舞う。羽ばたきのたびに、白い粉がまき散らされた。

「恵みよ」

ラスティンはそれを見上げて、つぶやいた。

「白き神の恵みが、今、ラヌレギアの大地に満ちていくの」

その白い粉は大地を豊かにさせる。

次の恵みは、きっと豊かなものになる。

そして、その予感は大きく外れることはないはずだ。

その白い巨鳥が見えなくなるまで見送った後で、ラスティンはガスタインを振り返った。

先ほど触れた温かい手を思い出すと、その温かな胸に抱きしめられたくて仕方がなくなる。

——いいかしら。……どうかしら。

ちら、ちらっと様子をうかがっていると、尋ねられた。

「どうした？」

「その、……体温を」

「体温？」

「そのドクドクしている胸の感じを、たっぷり味わってみたいのですが」

ラスティンは全ての力を、白い巨鳥に注ぎこんでいた。

これで全てが片付いたと思うと、立っていることすらできないほど疲れを感じて世界が揺らぎ始めていた。それもあって、言葉を上手に取り繕うことができない。

「ドクドク……？」

ガスタインは不思議そうに首を傾げながらも、どうやら主旨だけは読み取ってくれたらしく、大きく腕を広げてラスティンを呼んだ。

「まぁいい。来い」

声に誘われて、ラスティンはふらふらとガスタインに近づいた。その身体が目の前にきたときには、ガスタインのほうからラスティンをしっかりと抱きとめてくれた。たくましい、立派な筋肉だった。胸に頬を擦りつけると、そこで心臓が鳴り響いているのが感じられる。鼓動とともにぬくもりが広がっていく。

――大丈夫。

禍つ神を滅ぼすことで、ガスタインの身体に悪影響が出ることを心配していた。だけど、ここまでぬくもりが戻ったのならば大丈夫だろう。

ラスティンはホッとして笑顔になった。

「よかった……」

全身からさらに力が抜けて、ずるっとくずおれそうになる。そんなラスティンの身体を、ガスタインがたくましい腕で抱き直した。

「全て、そなたのおかげだ」

愛しげに抱き寄せられ、ラスティンは目を閉じたまま、小さく首を振る。

自分の力ではない。全てはあらかじめ仕組まれていたような気がする。神官たちが、自分を逃がしてくれたときから、ずっと。

「だが、ある意味、とんでもないことになったな。禍つ神は滅び、俺は不死身の力も常勝の力も失った。ただの人の身体となっているのが感じられる」

とんでもないことになった、と言うわりには、ガスタインの声は生き生きとした力を取り戻していた。

「これからは力に溺れることなく、正しく政を行わなければ」

ラスティンはその腕に抱かれたまま、うなずいた。

ガスタインはラスティンを見て、愛おしそうに目を細めた。

「そなたは、凍えていた俺にぬくもりを分けてくれた。そうされたことで、俺は自分がどれだけ凍えていたのか気づかされた」

ガスタイン王の表情は穏やかだ。

ラスティンはその表情に見とれてしまう。ガスタイン王の手は、ラスティンの頬を愛しげに包みこんだ。

その指は冷たくないから、ラスティンは安心してその手に身体を預けることができる。今までだったら、どんなに心が許容していようとも、その冷たさにピクリと反応せずにはいられなかったことだろう。

「身体に巣くっていた禍つ神が消えたら、俺は死ぬと思っていた」

独りごちるように、ガスタインはつぶやく。

彼は死を覚悟していたはずだ。

だが、そうはならなかった。ラスティンにはその理由がぼんやりとわかる。

「陛下は太陽の神そのものでございます。ずっと冥界に囚われていた太陽の神が、無事に地上に帰ってこられたということではないですか」

白い粉も全土にまかれた。

これからは人の力で白い粉をまけばいい。白い粉の調査をガスタインが進めてくれているはずだ。

「これでこのラヌレギア王国も、太陽の神の恵みをふんだんに得られることとなりましょう。太陽の神と白き神が互いに手を取りあえば、見事な実りが得られると、あの壁画に描かれておりました」

太陽は、毎日昇っては沈む。それが冥界に囚われ、地上に出てこられなくなった。だが禍つ神は倒され、太陽はまた昇るようになった。

ラヌレギア王国のかつての歴史の中でも、太陽の神の化身である王が禍つ神に囚われたことがあったのかもしれない。壁画ではそれが、伝説の形で伝えられていたのではないのか。

ラスティンはそう思う。

「収穫量は上がるかな」

「おそらく」

「そうなったらいいな」

「そうですね」

「今後とも、白き神の巫女は我がそばに」

ガスタインはラスティンと指を組みあわせて、真剣な顔をした。

「太陽の神と白き神がともに手を携えたとき、国は栄えるという。禍つ神は滅ぼしたが、今後、何があるかわからない。白き神の巫女は、この後もずっと我がそばにいるべきだろう。禍つ神に棲《す》まわれたことによって、俺はこの国に厄災を振りまいた。この責を負って死ぬかと思っていたが、こうして生かされたからには、この国が豊かになるまで見届ける必要を感じる。手伝ってくれるか」

自責を感じさせる表情と、希望を秘めた目の輝きに、ラスティンは魅了された。

ずっとガスタイン王に復讐しようと思って生きてきた。だが、真に復讐すべきはガスタイン王ではない。禍つ神だった。

ようやく戦はやみ、国は豊穣を取り戻そうとしている。

「もちろんでございます。陛下がそのように望まれるのでしたら」

何よりラスティン自身が、ガスタインと引き離されるのを望んではいない。

ガスタインがラスティンの身体を抱き直して、さらにあらたまった声で言葉を綴った。

「あらためて求めたい。白き神の巫女であると同時に、我が妃にもならないか」

――我が妃……？

その言葉に、ラスティンは大きく目を見開いた。

自分の身分では、そばにいることを許されたとしても、愛妾がせいぜいだと思っていた。なのに、正妃として正式に迎えてくれるというのか。

呆然とガスタインを見る。

ガスタインは柔らかな笑顔を浮かべていた。

最初に出会ったときのガスタインは、ひどく凍えた目をしていた。表情が読み取れなかった。だけど、禍つ神が去った今の姿が、元来の彼なのかもしれない。

思慮深くて優しい人だ。そして、施政者として民の全てを救いたいと願っている。

禍つ神が巣くったのがガスタインでなかったら、もっと国はめちゃくちゃになっていたはずだ。だが、ガスタインの強い自制心が禍つ神の邪魔をした。その被害を最小限に食い止めた。

ラスティンにはそう思えてならない。

「……いいのですか、私で」

声が震えた。

「身分もそうですし、妃として、……十分な教養も備わってはおりません」

「そんなものは、必要があればこれからいくらでも身につけられる。俺が欲しいのは、そなただ、ラスティン。白き神の巫女であり、俺を正しき道に引き戻してくれた者。凍えきった心を、溶かしてくれた」

ガスタインはラスティンの前でそっとひざまずき、愛を乞うように手を握る。その仕草に胸がときめいた。

「ラスティン。王と白き神の巫女との婚儀は、かねてより何度もあったと聞くぞ」

せがむような甘い声に、心が震えた。この望みをこれ以上断るなんてことは、ラスティンにはできそうにない。

ガスタインは柔らかい笑みを浮かべ、たっぷりの愛がこもった目でラスティンを見上げている。こんなに愛情深い人だったなんて、嬉しい誤算だ。

「返事は？」

ただそばにいられればいい。正妃になるような大それたことを、ラスティンは望んではいないはずだ。

——だけど。

ガスタインが望むのならば、そうしたかった。いつでもそばに侍り、甘やかせてあげたい。ずっとつらい思いをしてきたのだから。

たっぷり抱きしめ、彼をぬくもらせたい。これからはガスタインを抱きしめても、ラスティンの手足が凍えることはないのだ。

誰よりも近く、彼のそばにいたかった。それがかなえられるならば、それを超える喜びはない。

「……おそばに、いさせてください。――ずっと」

かすれた声で承諾すると、ガスタインはひどく嬉しそうに笑ってくれた。その表情を見ただけで、心臓が止まって、涙があふれそうになる。

――よかった。

こんな結末を迎えられるとは思っていなかった。ガスタインと愛しあえる。二人とも生きている。

しかも、国は豊穣の実りを得られるはずだ。

愛しげにガスタインの唇が重なってきた。その唇が温かくて柔らかくて、それだけでもラスティンは胸が一杯になった。

少し角度を変えてまた唇を塞がれて、その心地よさに気が遠くなる。

――好きよ。……陛下のことが大好き。幸せにしてあげたい。

彼のいろいろな面を知りたい。禍つ神から自由になったガスタインは、どんなことを話し、どんなことを好むのだろうか。わりと真面目だったり、茶目っ気もあるのかもしれない。

身体が触れあうたびに、どれだけ相手のことが愛しいのかを実感する。

ラスティンの唇が割られ、舌の根に舌をからめられた。だが、今までのようにひんやりとした感覚はない。むしろ灼けるような熱が伝わってきた。

不敬だという気持ちはあったが、それでもキスを続けたくて、ラスティンのほうからガスタインの首の後ろに手を回す。ぎゅっとすがりつく。

そんなふうに抱きしめられたのが心地よかったのか、ガスタインが一瞬だけ唇を離して、笑みの形に瞳を細めた。その愛しい表情が、まぶたに灼きつく。

それから、また深くまで唇を合わせてきた。

「……ふ、……ふ、……ン、ン」

ガスタインと触れあうだけで、身体中が歓喜に痺れた。生の喜びが、全身に満ちる。

ガスタインの身体が温かいことが、泣きたいぐらい嬉しい。

キスはなかなか終わらない。

それくらい、愛情を確かめあうことに、二人とも一杯一杯だった。

九章

それから、半年が経った。

後宮の裏手では、急ピッチで白き神の神殿の再建が進んでいた。

異民族との和平も成立し、ラヌレギア王国全土の畑では、すくすくと作物が育ちつつある。今年の生育はとてもいい、とすでにささやかれているそうだ。収穫できた野菜が山のように市場に並び、穀物も秋の実りに向けて穂を膨らませつつある。

兵士が村や町に戻り、荒れきった畑を耕し始めた影響もあるのだろう。

ラスティンは白き神の巫女として、新たな神官の面接を行っていた。ふさわしい人は不思議とわかる。白き神の化身である白い巨鳥と相まみえたときから、神の力が宿っているような感覚があった。

さらにラスティンとガスタイン王は、王城に保管されていたかつての三柱の神に関するさまざまな書物を確認し直した。

それを元に、禍つ神もしっかりと封印されることとなった。

壺は壊れてしまったが、黒い神殿の地下には冥界につながる穴がある。それを神殿そのものによって封じるのだ。

禍つ神を封じるための神官も新たに選び出され、古き方法に基づいて、定期的に封印が行われることとなる。これからは禍つ神が地上に影響を及ぼすことがないように、人々の悪しき感情を祓う儀式も復活させるらしい。

――禍つ神は人々のよくない感情によって力を得るんだから、その感情が溜まらないように、よき政をする必要もあるわ。

それは、別人のように生まれ変わったガスタイン王ならできるような気がする。

まずは、今年の収穫が楽しみだった。

しばらくは、あの白い粉の効果が続くだろうが、施された肥料の効果は実りをもたらすたびに弱くなっていくはずだ。少しずつ土地は痩せ細っていく。そのときに備えて、ガスタイン王は白い粉が国土のどこにどれだけあるのか調べ直した。

国中が調査された。なかなか白い粉は見つからなかったが、ラヌレギア王国の端にある砂漠に大量にあるのが発見された。

おそらくそれで、何百年かは持つだろう。

白い粉が採れるところを、ガスタイン王があらためて神域に指定した。国家による管理が復活する。

白い粉は貴重であり、なおかつそれをまくタイミングや量が難しいらしい。王城にはその白い粉の使い方が詳しく書かれた綴りものが残されていた。それを元に、学者が研究を始めている。

今年の秋には、かつてないほどの実りがもたらされるだろう。その恵みが長く続くように、しっかりと白い粉が管理されなくてはならない。

さらに白い粉が採れる土地を調査していたときに、大規模な金の鉱脈が見つかった。その採掘が本格化すれば、他国の富を収奪する必要もなくなる。

征服した土地は元の人々に戻すことになった。元の国王や領主がろくでもない場合には、民の中から選ばれた新たな施政者を置く。

そんなガスタインの思慮深さが、ラスティンには好ましい。

征服した土地の麦の穂が黒くなって枯れる病は、禍つ神を倒したころからなくなったらしい。やはりそれも、禍つ神の仕業だったのだ。

征服地の返還が完全に終わったころに、秋の収穫がやってきた。

人々は歓喜し、国中がお祭り騒ぎとなった。

そして、秋の収穫が一段落ついた後で、ガスタイン王とラスティンの婚儀が執り行われることとなった。

――白き神の巫女。

ラスティンはそう呼ばれるようになっていた。

この国に豊穣をもたらした女神。そんなふうに言われるのがひどくくすぐったい。

自分のおかげではなく、この国にもともと備わっていた仕組みを復活させただけだ。ラスティンは白き神に導かれるまま行動したに過ぎない。どうにか間違いは正され、ガスタイン王が苦しい思いをすることはなくなった。戦も終わり、民が食べ物に困ることもなくなるのだと思うと、とても誇らしい。

――民を餓えさせないのは、施政の基本だものね。

ガスタイン王の父が、息子に言い残していったその言葉は、ラスティンの中にもしっかりと根づいていた。

王妃としての教養も礼儀作法もなっていなかったラスティンだが、この半年間に猛教育が行われた。

文字を読むことと計算ぐらいはできたから、そこから始まらずに済んだのはよかった。

それでも、この国の歴史や、諸侯や軍の序列など、教わることはたくさんあった。

婚儀の前には、家庭教師が太鼓判を押してくれるほどに仕上がった。

ラスティンが王妃となることについて、宮廷内ではそれなりに反対があったらしい。元白き神の巫女だとはいえ、踊り子として芸を披露していた下卑た女だと。

だが、豊穣がもたらされたことで、白き神の巫女に対する民たちの信仰は、熱狂に近いほどに高まっていた。

それに、独裁に近い体制を敷いてきたガスタイン王だ。別人に近いほどにあらたまったとはいえ、ガスタイン王の人の悪い笑みは完全に消えてはいない。

「俺の言うことに、逆らうのか？」

そう言ってじっとその相手をにらみつければ、臣下は震え上がって賛成するしかなかったらしい。その話を、ラスティンは侍女から聞いた。侍女は、侍従から聞いたようだ。

そもそも太陽の神の末裔であるガスタインと、白き神の巫女であるラスティンが結婚するのは、このラヌレギア王国においては理にかなったことらしい。

国土に長く豊穣をもたらすからだ。

ラヌレギア王国の暦の中で、もっともよき日に婚儀が挙げられることとなった。

日の出前から、ラスティンはその支度に忙しい。

この日のためにあつらえられたドレスは、裾を長く床に引きずるタイプのものだ。その裾を、愛らしい幼い子供たちが持ってくれる。

ラスティンの肌は艶やかに磨かれ、まっすぐに伸びた銀色の髪が柔らかに肩に落ちた。

背中がほぼ剝き出しのデザインだから、ラスティンの身体つきをこの上なく優美に見せてくれる。

ドレスの色は、髪と同じ白銀だ。動くたびに、無数に縫いこまれた銀糸の刺繡と宝石がまばゆい光を放つ。首には王家に代々伝わる宝飾品が下げられ、今日、王妃としての宝冠も授かることとなる。

こんなふうに自分が、ガスタイン王と正式に結ばれるとは思っていなかった。

王城の大広間に、踊り子として踏みこんだ日がつい昨日のように感じられるほどなのに。

――たくさんあったわ、いろんなことが。なのに、あっという間だったわ。

ガスタインにまみえてから、一年ほどだろう。その間、大きく変わったのはラスティンのガスタイン王に対する気持ちであり、ガスタイン王の中身もすごく変わった。

その当人が、ラスティンの部屋に入ってきた。

「準備は済んだか」

「はい」

ラスティンは、まばゆく装ったガスタインの姿に釘付《くぎづ》けになった。ラスティンが白き神の巫女なら、ガスタインは太陽の神の化身だ。

布地が見えないほど全面に黄金の刺繡がなされた長衣を着こみ、動くたびに金の装飾が光を跳ね返す。

それらの衣装が、ガスタインの端整さとたくましさを一段と引き立てていた。

しばらくはうっとりとその姿に見とれてしまう。同じように身動きせずにいたガスタインも、ラスティンの姿に見とれていたようだ。

「とても美しい。……もうじき、そなたを正式に娶れるのだと思うと気分が浮き立つな」

「正式であろうとなかろうと、あなたは気にしないのではありませんの？」

ラスティンは思ったことを口に出す。ガスタインはこの国の一番の権力者であり、逆らえる者はいない。

だが、彼は横暴な存在ではないと、ラスティンは知っていた。

思慮深く、賢い。そんな相手には、素直に言葉が伝わる。言葉を交わすことで、思いも伝わる。

ガスタインは苦笑の形に、口元を緩めてみせた。

「それもそうなんだが、やはり少し違う」

「そんなものですか？」

「ああ。そなたは堂々と、我が妃だと名乗れ」

そんなふうに言われて、ガスタインが正式に自分を娶ってくれたのは、ラスティンの立場を考えてのことだと理解できた。

最初の印象が最悪だっただけに、彼からの愛情を受け止めるたびにときめいてしまう。

そのときめきの分だけ、ラスティンも愛情を返したくなる。

そんなラスティンに、ガスタインはすっと手を差し伸べた。

「では、行こうか。こんなにも美しい我が妃を、他人の目にさらすのは、少々惜しく思えるが」

ガスタインの目は、ラスティンからなかなか離れない。

その眼差しや挙動の一つ一つから、気持ちが伝わってきた。

先日、どうしてガスタインがラスティンのことを好きになったのか、じっくりと聞き出してみた。くすぐったそうに語ってくれた言葉が心に残っている。

『温めてくれたからだ。俺の身体だけでなく、——心も』

ずっと凍えきっていたガスタインのことを思う。ひどく孤独で、寂しかったことだろう。二度と彼が、その寂しさに迷いこまないように、ずっと互いに思いあって、温めあっていきたい。

そんな思いとともに、ラスティンはその手を取った。


全身が愛されている。

胸を揉みしだかれ、中に入れた指で心地よく掻き回された。さらに乳首をきゅっとひねられ、陰核まで転がされたら、ラスティンはその快感を耐え抜くことができない。

「んんん……っ、あ、あ……っ」

声を漏らしながら、ビクンと何度ものけぞった。

それから、全身を満たす脱力感とともに、はぁはぁと呼吸をする。

だが、ガスタインの太くて長い指は体内に入ったままだ。ラスティンの絶頂に合わせて、その指は何度も締め上げられている。

息を整えている間にも、ガスタインはラスティンの足をつかんで大きく開いた形で固定させた。

初夜だ。婚儀を終え、祝いの宴を終えた後で、ラスティンは重くて大変な衣装を脱ぎ、湯浴みを終えて、ガスタイン王の寝所に送り届けられた。

一夜の愛を乞う踊り子として、ガスタイン王の寝所まで送り届けられたかつての夜と、記憶が重なる。

だけど、ラヌレギア王国の正妃として初夜を迎えるときの対応は、以前とはまるで違っていた。

湯浴みをする浴槽には美しい花びらがふんだんに浮かべられ、最高級の香油を肌に塗りこまれた。身につける夜着も、気品のある絹だ。愛妾として着せられたときの夜着も当時のラスティンにとってはびっくりするほど豪華な品だったが、今夜のものは格が違っている。

そんな夜着もとうに脱がされ、ラスティンは一糸まとわぬ姿にされていた。

しかも、身体の一番深いところまで暴かれているのだ。足を広げられたところに、ガスタインの視線を感じた。そこは甘い愛撫にすっかりほころび、たっぷりと蜜をあふれさせていた。

達したばかりだから、そこがひくついていることまで自覚できて、ラスティンは恥ずかしさのあまり首を振った。

「あまり、……ご覧になっては……」

だが、待ちかねたように、そのひくついた入り口に熱いものが押し当てられた。挿入の予感に、ぞくんと身体が震える。密着したものを中へと引きこもうとするような淫らな動きを、そこは見せる。

「ん……っ！」

心の準備ができるよりも先に、先端をぬるんと体内に押しこまれ、その生々しい感触に息を詰めた。

たっぷりと濡れきったそこに、ガスタインは熱いものを容赦なく押しこんでいく。ガスタインのものはとても大きいから、どれだけ力を抜こうとしても、圧迫感に息が漏れた。

「っんんっ、……は、ぁ、……あ……っ」

甘く疼いていたそこに強烈な快感を与えられて、それだけで達しそうになった。今日一日、ガスタインの姿を見ていて、そのたびに素敵だと思っていたせいもあったのかもしれない。

——すごく、素敵だったのよ。惚《ほ》れ直したわ。

先端が入ってくる感覚がどんどん奥へと移動し、突き当たりをこつんと叩かれる。

また大きく身体が震えた。ぎゅっと締めつけては少しだけ力が抜けるのを繰り返す。

襞の状態から、ガスタインはラスティンがどんな状況なのか、読み取ったのかもしれない。

「また、達しそうなのか」

どこか楽しげな声とともに、ガスタインは深くまで押しこんだ楔をまっすぐ引き抜いた。

その楔に、中の粘膜が抜かれるのを惜しむようにからみついていく。

そして、抜くときよりもやや速い動きで、また一気に押しこまれた。

「ッン！」

その長さと深さに、ラスティンはいちいち反応せずにはいられない。襞全体をその硬くて大きなもので、たっぷりと刺激されている。そのたびに、身体が溶けそうな快感が広がる。

「ッン！　……っあ、……ふか、い……っ」

狭い体内を、硬いものでこじ開けられる感覚に弱かった。その楔型の先端で体内を押し広げられると、感じすぎて中がひくつく。

みっちりと埋めつくされている。呼吸をするたびに、それが体内にあることを思い知らされる。

「ん、……ん、ん……っ」

ガスタインはラスティンの膝の後ろに手を回し、足をぐっと身体に押しつけた。貫かれたまま、ラスティンの腰は完全に浮かされる。ガスタインが覆い被さってくる。

そんなふうにされると、真上から深い部分までまっすぐ突き刺されるような感覚があった。

ガスタインはその体位のまま、だんだんと速度を増していく。

「っふ、っ……んぁ、……あ……っ」

深い部分まで一気に貫かれ、感じるところをえぐられる衝撃に、きゅっとラスティンの下腹部に力がこもった。先端が容赦なく襞をえぐり、その快感に力が抜けきったところで、また感じすぎて身体が跳ね上がる。

「っんぁ、あ……あ、あ……っあ……っ」

すでにどこでどのように感じるのか、ガスタインには知りつくされていた。ガスタインは深くまで挿入した後で、軽く円を描くように腰を回した。

「っうぁあああ……！」

深い位置に、ひどく感じるところがある。

そこに押し当てたまま、ぐりぐりと腰を使われると、ラスティンはもがくように腰を揺らさずにはいられない、そこからそらしたいが、自由に動けない今の状態では何もできない。よりそこに擦りつけられ、刺激が倍増した。

「っひぁ、……あ……っ」

感じれば感じるほど襞がひくついて、奥のほうから搾り上げるような動きになる。より大きな刺激を欲して疼く襞からの要求に押し流され、ラスティンのほうから哀願するように声を押し出した。

「ん、ん……っ、陛下……っ」

ラスティンの身体にますます上体を倒しながら、ガスタインがささやいた。

「ガスタインでいい」

「ガスタイン、……さま……っ」

「さまもなしだ」

「……がす、……たいん……」

口にするだけで、その不敬さに心が震える。

だが、名を呼ばれて、ガスタインは晴れやかに笑った。ここまで喜んでくれるとは思ってなくて、ラスティンはキュンとする。

これからも、もっと彼を喜ばせてあげたい。ささやかな幸せをたくさん重ねたい。彼がいつでも安らぎを得られるように。

つらいことが多かった人だから、できるかぎりのことをしたかった。

そう思って手を伸ばす。挿入してすぐのときには手が届かなかったが、今はだいぶガスタインが身体を倒しているから、届きそうだ。

どうにかその肩に腕を回すと、それに応じるように力強く突き上げられた。

さらに、しがみついたまま上体を起こされ、下からガンガンと激しい挿送が続く。

「……ん、ん、ん……っ」

身体が上下する。ラスティンの体重など感じていないように、ガスタインは動いた。その果てに不意に切実な絶頂感が湧き上がり、ラスティンは彼の上でのけぞりながら、新たな高みに達した。

「っん！　くっ、……ぁああ……っ」

ガスタインも限界だったのか、ラスティンの腰を抱えこみながら奥に出してくれる。

「ふ、……はぁ、……は、は……」

ゆっくりと呼吸しながら、ラスティンはその余韻を味わっていた。

そのとき、ガスタインが息を整えながらラスティンの手を引き、自分のほうに覆い被らせた。横になっていたガスタインの上に、ラスティンがべったりと上体を伏せる形になる。

「っん」

ガスタインのたくましい上半身に、ラスティンの胸元が擦り上げられた。

ずっと味わっていた快感を示すように、その胸乳の先は硬く凝っていた。それがガスタインの身体と擦れるだけで、身体の奥が甘い刺激にひくりとする。

それを感じ取ってか、ガスタインがラスティンに向かって微笑んだ。

「ああ。ここはまだあまり可愛がっていなかった」

ガスタインは下からラスティンの身体を支えて、自分の顔の上に倒すように調整して、その乳首に吸いついてくる。

まだ絶頂の余韻も全く収まっていない状態だ。乳首を淫らに舐めたてられて、ラスティンの身体は甘く疼いた。しかも、ガスタインの長くて立派なものは、依然としてラスティンの体内にあるのだ。

「っん、……っは、……っんぁ……っ」

乳首を軽く吸い上げられるたびに、快感がじぃんと全身に広がった。

快感に合わせて、中に力がこもる。ガスタインの上にうつ伏せになっているので、ラスティンの胸は柔らかく垂れ下がっている。

その状態で乳首を舌先で転がされ、軽く歯を立てられる。

どこか焦れったさもある、穏やかな甘ったるい刺激だった。しかも、それが長く続く。

ラスティンは息を整えようとしながら、目を閉じた。

片方の乳首からの快感に溺れつつあったときに、反対側の胸にもガスタインの手が伸びた。そこで疼いていた突起をつまみ上げられ、きゅうっと下に引っ張られる。

舌よりも強烈に広がった快感に、襞がさらにうごめいた。

目を閉じていたから、余計にガスタインの舌使いや、息継ぎまで感じ取れる。その舌が尖った突起を跳ね上げるように舐めたことや、指先で乳首を何度もつまみ直されては転がされたことまで、まじまじと伝わってくる。

全身が切ないような気持ちよさに満たされた。

しかも、ガスタインの大きなものをくわえこまされたままなのだ。締めつけたり、身じろぎするたびに、そこからも淡い快感が次々と湧き上がってくる。

柔らかく舌先で転がされた後に、きゅ、きゅっと乳首が吸い上げられた。その直後に、軽く歯を立てられる。全てが快感でしかない。

「ン」

そろそろ焦らされるのも限界だと思ったとき、ガスタインの手がラスティンの腰へと移動した。

ガスタインがラスティンを乗せたまま上体を起こし、また力強く突き上げてくる。

「……ッぁあぁ」

身体が一瞬、宙に浮いた。

それが体重によって沈んだときに、切っ先が中の柔らかな肉を容赦なく押し開く。それが、ラスティンにはたまらない快感となった。

ガスタインはラスティンの重みなど、まるで感じていないようだ。たくましい腹筋の力を使って、次々と力強く突き上げてくる。荒馬に乗せられたように、ラスティンはその上で揺さぶられるばかりだ。どう動こうが、その大きな楔から逃れることはできない。全く逃げ場がない。

「っく、ぁ、……っん、ん、ん……っ」

バランスを取るために少しのけぞり、内腿に力がこもる。それでも、入ってくるものの勢いはまるで軽減されることはなかった。

ガスタインの動きに合わせて、ラスティンの腰も揺れた。細かくて軽い突き上げも気持ちよくて、ラスティンはのけぞってうめいた。

「……っん、んん、ん……っ」

だんだんとラスティンの身体が安定してきたと見たのか、ガスタインの手は腰を支えるのではなく、揺れる双乳のほうへと移動していく。

その凝る部分をそれぞれの指先でつまみ上げられ、柔らかく揉みほぐすように動かされる。そんなふうにされる間にも、ラスティンの身体は下から絶え間なく突き上げられているから、引っ張られる乳首に、不規則に刺激が突き抜ける。

ガスタインの上に乗せられていると、一突き一突きがひどく強烈で、ラスティンはあっという間に次の絶頂まで導かれた。

「っんぁ、……っあ、あ……っあ……っ！」

太腿を細かく痙攣させたまま、たまらない絶頂感を味わう。

脱力感がすごくて、動けなくなったラスティンの太腿に、ガスタインは手を添えた。そっとなぞるのは、そのなめらかな感触を味わっているからなのかもしれない。

「疲れたか？」

その言葉にうなずこうとしたが、ガスタインが自分と同じタイミングで達していないのが気になった。

彼の熱を搾り取りたい。その熱いものを、奥に浴びたい。そんな淫らな要求に、喉がひくりと動いた。

ラスティンはガスタインのほうに屈みこみ、その唇を愛しげに奪った。

舌と舌とがからみ、唾液を交える。そんな濃厚なキスを、こよなく気持ちいいと思う自分がいる。

隅々まで探りあうようなキスが続き、ようやく唇が離れた後で、ラスティンは深く息をついた。

「ガスタインさま……、……じゃなくって、ガスタイン」

かすれた声で呼びかける。

彼が名を呼ぶのを許してくれるのは、おそらく自分だけだ。そんな甘い確信がある。

「何だ？」

「少しだけ、休ませて。……その後で、続きを」

今夜は初夜だ。

ようやく公的に結ばれたのだから、朝までする覚悟はしている。ラスティンの身体も、それを望んでいた。だけど、立て続けの絶頂はキツすぎて、そんなふうにねだっていた。

了解の証のように、また唇が塞がれる。

だが、舌と舌とがからみあうたびにぞくぞくとしたものが広がり、休憩をねだったばかりなのに、身体の炎がまた掻き立てられていく。

この誘惑には、あらがえそうもない。

ラスティンはガスタインの首の後ろに腕を回し、その頭を抱えこんでささやいた。

「ずる……い……」

「何がだ？」

しれっと言われる。

ラスティンの身体を仕込んだのは、ガスタインだ。どのようにすればラスティンが感じるのか、何をすれば感じすぎて次をねだるようになるのか、完全に把握しているに違いない。

だけど、ガスタインと肌を重ねることは、ラスティンにもこよない喜びを呼び起こす。

「そのずるさも、……好きです」

ラスティンは彼にしがみつき、抱きしめる腕に力をこめた。

ラヌレギア王国はガスタイン一世の御世に、かつてなき繁栄を極めたと、残された記録には残されている。

その土壌はその治世のずっと後まで、豊かな実りを育んだ。

あとがき

はじめまして、のかたが多いでしょうか。花菱《はなびし》ななみです。よき担当さんに付き合っていただいて、どうにか送り出しました！　凶王という可哀想ヒーロー……！　頑張っているのに不憫、みたいなのが大好きなので、そのあたりを楽しんでいただけましたら！

そして、作中に使われている「白い粉」はまんま不思議アイテムでもいいんですけど、一応グアノと呼ばれる窒素肥料をベースにしています。

今では人工的に合成できるのですが、窒素というのは植物の成長に不可欠なもので、この発見や発明がなかったら世界の人口は増えなかった、といわれるまでのものです。その争奪戦争が起こり、火薬にも転用できたために世界大戦において戦の行方を左右するほどだったとか。今では普通にありすぎて、自然の肥料があれば大丈夫じゃね？　と思われがちなのですが、それほどまでにすごい白い粉があった、という感じで。

そして、このお話にとても素敵なイラストをつけてくださったShikiri《シキリ》先生。美麗で素晴らしく、色っぽいキャラクターをありがとうございました。何度も眺めては、うっとりしています。

読んでくださったかたにも、大感謝です。またお会いできましたら。

Sonya
ソーニャ文庫

この本を読んでのご意見・ご感想をお待ちしております。

◆ あて先 ◆

〒101-0051
東京都千代田区神田神保町2-4-7 久月神田ビル
㈱イースト・プレス　ソーニャ文庫編集部
花菱ななみ先生／Shikiri先生

凶王《きょうおう》は復讐《ふくしゅう》の踊《おど》り子《こ》に愛《あい》を知《し》る

2023年7月6日　第1刷発行

著　　者　花菱《はなびし》ななみ
イラスト　Shikiri《しきり》
編集協力　adStory
装　　丁　imagejack.inc
発 行 人　永田和泉
発 行 所　株式会社イースト・プレス
〒101－0051
東京都千代田区神田神保町2－4－7 久月神田ビル
TEL 03－5213－4700　　FAX 03－5213－4701
印 刷 所　中央精版印刷株式会社

ISBN 978-4-7816-9751-2
定価はカバーに表示してあります。